蒙塔巴诺警长探案系列

蒙塔巴诺警长探案系列

蒙塔巴诺警长探案系列

纸月亮

[意]安德烈亚·卡米莱里　著

张　莉　译

LA LUNA DI CARTA

Andrea Camilleri

新华出版社

图书在版编目（CIP）数据

纸月亮 / (意) 安德烈亚·卡米莱里著；张莉译.
-- 北京：新华出版社，2018.2（蒙塔巴诺警长探案系列）
ISBN 978-7-5166-3848-4

Ⅰ.①纸…　Ⅱ.①安…　②张…　Ⅲ.①长篇小说 - 意大利 - 现代
Ⅳ.①I546.45

中国版本图书馆CIP数据核字(2018)第029929号

著作权合同登记号：01-2016-2580

La luna di carta by Andrea Camilleri
Copyright © 2005 by Sellerio Editore, Palermo
Simplified Chinese edition copyright © 2018 by Xinhua Publishing House
All Rights Reserved
本书中文简体字专有出版权属新华出版社

纸月亮

[意] 安德烈亚·卡米莱里　著　　张　莉　译

选题策划：黄绪国	责任印制：廖成华
责任编辑：李瑞瑞	封面设计：李尘工作室

出版发行：新华出版社
地　　址：北京石景山区京原路8号　　邮　　编：100040
网　　址：http://www.xinhuapub.com
经　　销：新华书店、新华出版社天猫旗舰店、京东旗舰店及各大网店
购书热线：010 - 63077122　　中国新闻书店购书热线：010 - 63072012

照　　排：臻美书装
印　　刷：三河市君旺印务有限公司

成品尺寸：130mm×185mm　1/32
印　　张：7.75　　　　　　　字　　数：160千字
版　　次：2018年3月第一版　　印　　次：2018年3月第一次印刷

书　　号：ISBN 978-7-5166-3848-4
定　　价：36.00元

1

闹钟响了。与前一年的每个早晨一样，七点三十分，一分不多，一分不少，闹钟响了。但是在闹铃响起的几分钟前，他已经醒了。因此，在起床前，他有时间好好欣赏一下窗外的景色。透过洒进窗户的阳光，他断定今天会是个好天气，晴朗无云。但起床后剩下的时间可就不多了，所有该做的事情都挤在一块儿了。磨咖啡、喝咖啡、刮胡子、淋浴、再喝另一杯咖啡、抽支雪茄、换身衣服、出门、开车，然后在九点前赶到警局。这一整套的节奏就跟拉里·塞蒙或查理·卓别林的喜剧片一样。

一年前，他起床还毫无规律。最重要的是，他从不匆忙，更不会出现现在这种"百米冲刺"的情况。

首先，闹钟是绝不会响的。

蒙塔巴诺以前习惯一觉睡到自然醒，根本不需要外在的刺激来吵醒他。他确实有一个好用的闹钟，但它存在于身体中，深埋在大脑里的某处。他只需在睡前设好生物钟，告诫自己"*别忘了明天要六点起床*"。然后，第二天早上六点，他就会准时睁开眼睛。他总认为闹钟，尤其是金属做的，简直就是刑具。只有那么三四次，他不得不让它电钻般的噪音吵醒自己，那是因为利维娅第二天一早便要离开，而且她并不信任他的生物钟。每次都让他头疼一整天。后来，经过一番争吵后，利维娅买了一个塑料闹钟。新闹钟不会发出之前闹钟的那种电子音，但总是发出无休止的"嗡嗡"声，活像一只飞进耳朵却找不到出口的苍蝇叫个不停，令人难以忍受，几近抓狂。蒙塔巴诺实在受不了了，就把它扔出了窗外，这又引发了他和利维娅新一轮的争吵。

其次，他会有意地稍稍提前"叫醒自己"，至少提前个十分钟。

这十分钟是一天中最美妙的时候。啊！躺在床上是多么舒服！缩在被窝里是多么惬意！静静地躺在床上，想着些有的没的事情。*那本受大众追捧的所谓杰作，我到底买不买呢？今天我是在外面吃呢，还是回家吃阿德莉娜做的饭呢？我要不要告诉利维娅，她给我买的鞋子太小了穿不上呢？*他脑子里想的大概就是这些杂七杂八的事情。但他总是极力避免想起女人或者性事，一旦想起，他总是无法自持。除非利维娅躺在他身边，并且愿意和他一大清早就共赴云雨。

但是，在一年前的某个早晨，这一切发生了天翻地覆的变化。那时他勉强睁开双眼，算了下，他竟只有不到十五分钟去遐想了。突然，一个想法在他的脑海中冒了出来。不，那算不上是一个完整的想法，只是一个刚开了个头的想法：

"当你的死期将至……"

这时候怎么能有这种想法？真是丢人！这就好比做爱时突然想起自己竟然没交电话费。他倒不是被死亡吓到，而是这个想法出现得太不合时宜了，现在已经六点半了，没时间继续想这个问题了。一个人，若是在黎明时想到死亡，那么到了下午五点，他要么会举枪自戕，要么坠石投海。他努力不再去想这个想法，把它远远抛到脑后。于是，他再次闭上眼睛，紧紧握起了拳头。随后，他意识到，唯一能摆脱死亡念头的方法就是起来做事，把它们当作生死攸关的事，然后全神贯注地将其完成。然而，第二天早上更加离谱。他醒来后首先想到的竟然是头天晚上喝的味道寡淡的鱼汤。可是下一秒，"死亡"这一可怖的想法重新涌入脑海：

"当你的死期将至……"

那一刻，他突然明白，这个想法永远不会消失了。在接下来的这一两天里，它都将深埋在他头脑里某个不起眼的角落，在他快要将其遗忘时猛然重现。因此，他确信——虽然似乎毫无理由——他要是还想活下去，就绝不能让这个想法补全。若是任由其发展，那么当这个想法的最后一个字出现之时，便会是他的死期。

于是，他用上了闹钟，不给这个可怕的想法留任何时间。

在维加塔待了三天后，利维娅边收拾行李，边指着床头柜责问道：

"你把破闹钟摆在那里做什么？"

他撒了个谎。

"呃……一个星期前，有一天我起得非常早，然后……"

"然后这个闹钟到一星期后还能响？"

一旦利维娅认准某件事，她的推理能力可丝毫不比夏洛克·福尔摩斯逊色。略微的尴尬过后，他坦白了事实，没有任何添油加醋。得知真相后，利维娅爆发了：

"你真是疯了！"

然后她打开衣柜，拉开抽屉，把闹钟丢了进去。

第二天清晨，利维娅，而不是闹钟，唤醒了蒙塔巴诺。醒来后的时光真是美妙极了，他想的全都是活着，而不是死亡。可是，利维娅一离开，蒙塔巴诺就又把闹钟拿出来放在了床头几上。

※

"啊……头儿！头儿！"

"怎么了，坎塔雷拉？"

"有位女士正等着您。"

"等我？"

"其实她也并没有说具体等谁，只是说想找个警察局的人谈谈。"

"那她为什么不和你谈？"

"警长，她说要找我上司谈。"

"奥杰洛警官不在这儿吗？"

"他不在。他打电话说今天出门晚了，迟些到。"

"他怎么会迟到？"

"他说他孩子昨晚突然生了急病，所以今天要等医学医生上门看病。"

"坎塔雷拉，什么'医学医生'，直接说'医生'不就行了！"

"当然不行，警长。会产生歧义。拿你举个例子吧，你虽然有博士学位，但你并不懂医学啊。"[1]

"孩子他妈呢？贝巴都做了什么？她就不能自己待在家等医……医生？"

"那是当然了，警长。孩子妈妈也待在家呢，但是她希望她丈夫能陪她一起等。"

"那法齐奥呢？"

"法齐奥正和一个孩子待着呢。"

"那孩子干什么了？"

"他什么也干不了，警长。他死了。"

"怎么死的？"

"嗑药。"

"好，我跟你讲，我现在要去办公室。你十分钟后再把那位女士带进来。"

警长对奥杰洛的行为感到十分愤怒。自从奥杰洛当了爸爸，他就整天围着孩子转，比当年花在女人身上的时间还多。他被小宝贝——萨尔沃——迷得神魂颠倒。瞧，他不仅请警长给儿子洗礼，还用警长的名字命名。

"米米，你就不能用你父亲的名字吗？"

"不行啊，你想想，我爸爸叫欧塞比奥，不好听。"

"那就用孩子姥爷的名字。"

"更难听了，她爸爸叫'阿德利奇'。"

---

1 doctor 既有医生的意思，也有博士的意思。

"米米，那你告诉我，你用我的名字是不是因为其他名字你都觉得怪？"

"少胡扯！萨尔沃！首先，我很敬重你，你对我来说就像爸爸……"

"你爸爸？我能有你这样的儿子？"

"嗬，你滚！"

可是，利维娅在知道新生儿叫"萨尔沃"后忍不住哭了起来。这种特别的行为深深地打动了她。

"米米是多么爱你！但是，你却……"

"哦？他爱我？他真的爱我？那你说说，'欧塞比奥'和'阿德利奇'这两个名字怎么了？"

这还不算，自从孩子出生，米米在局里就神龙见首不见尾。萨尔沃（当然是那个新生儿）一会儿拉肚子，一会儿屁股上起红疹子，要不然就是吐了，再不就是厌食了……

于是，蒙塔巴诺打电话向利维娅抱怨。

"哦，是吗？你对米米不满？可这些只表明了一件事：米米是个可爱的、尽责的父亲。你应该站在他的角度上考虑一下。"

他挂了电话。

一抬头，他看到了坎塔雷拉留在桌子上的清晨邮件。之前跟邮局说好了，所有寄往他在马里内拉住所的私人邮件都会送到警察局，因为有时候他会连续好几天不回家。但是今天却只有公务邮件。他把它们丢到一边，不打算拆开看。他打算等法齐奥回来，然后将其交给他处理。

电话响了。

"警长，拉特斯博士来电话了。"

拉特斯，办公室主任。让蒙塔巴诺惊讶不已的是，自己前阵子发现有一个政府发言人简直跟拉特斯博士是一个模子里刻出来的，而且那个"山寨拉特斯"频频在电视上出现：同样浮夸空洞的语调，同样猪皮一样的粉色皮肤，刮得干干净净的脸，小得如同屁眼儿般的嘴，同样的虚情假意，油腔滑调，简直一模一样，完美的"山寨"。

"我亲爱的蒙塔巴诺，最近还好吗？"

"好得很，博士。"

"家人怎么样啦？孩子还好吗？一切都还顺利吗？"

他不止一次地告诉过拉特斯，他没结婚，登记的没有，没登记的也没有，更别提孩子了。但是，一点用都没有。拉特斯偏执地认为他已婚，还生了孩子！

"一切都好。"

"谢天谢地，那可太好了！听着，蒙塔巴诺，今天下午五点局长想找你谈谈。"

为什么局长要找他谈谈？通常，局长博内蒂·阿德里奇都是极力避免和他碰面的，而更愿意去找米米。这里面必有蹊跷。

门猛地打开，狠狠地撞到墙上，吓得蒙塔巴诺立马从椅子上跳了起来。随后，坎塔雷拉出现了。

"请原谅我，警长。我不小心滑了一跤。正如你刚才所说，十分钟已经过去了。"

"哦，是吗？十分钟过去了？关我什么事？"

"那位女士，警长。"

他完全把这件事情抛到了脑后。

"法齐奥回来了吗？"

"警长，他还没回来呢。"

"让她进来吧。"

乍一看，这个女人不超过四十岁，之前似乎当过慈善修女会的修女。厚重的眼镜下，她的眼睛饱含着低落和沮丧，头发盘在头顶成了一个"小圆面包"。她双手紧紧地抓着钱包，身上裹着一件宽松的灰色"麻袋"样式长裙，谁也说不准下面藏着什么。不过，除却厚厚的长袜和朴素的平底鞋，她的腿还真是又长又漂亮。女人迟疑地站在门口，两眼紧盯着将蒙塔巴诺办公室地砖与走廊地砖隔开的白色大理石条状带。

"进来吧，进来吧。麻烦你关下门。请随意。"

她一一照做了。他的桌前共有两把椅子，这个女人选择了靠边的一把坐了下来。

"我能帮您做些什么，夫人？"

"夫人？我叫米凯拉·帕尔多。想必您就是蒙塔巴诺警长，对吗？"

"我们见过吗？"

"没有，但是我在电视上见过您。"

"请继续讲。"

她似乎比之前更局促不安了。她调整了一下坐姿，呆呆地看着自己的脚尖，连咽了两次口水，欲言又止。但过了一会儿，她还是开口了。

"我想说的是我哥哥，安吉洛。"

接着，她就不再说了，好像蒙塔巴诺只要知道名字就能理清事情的来龙去脉。

"米凯拉女士，你应该知道……"

"我知道，我知道，安吉洛已经……他不见了。已经整整两天了。对不起，我只是非常担心，非常害怕，而且……"

"你哥哥多大了？"

"四十二岁。"

"他和你住在一起？"

"不，他独居。我和我妈妈住。"

"你哥哥结婚了吗？"

"还没有。"

"那他有女朋友吗？"

"也没有。"

"那你为什么说你哥哥不见了？"

"因为他没有一天不去看望妈妈。就算去不了，他也会打电话告诉我们。即使他要外出，也会让我和妈妈知道。但是，他和我们失联已经两天了。"

"你联系过他吗？"

"嗯，我打过他家里的座机，也打过他的手机，但是都没有人接听。我还去了他家，按了无数次门铃，可是家里也没人。"

"你有你哥哥家的钥匙吗？"

"有。"

"你在他家发现了什么吗？"

"所有东西都摆放得整整齐齐。我开始害怕了。"

"你哥哥得过什么病吗？"

"什么病也没有。"

"他的工作是什么？"

"线人。"

蒙塔巴诺愣了一下。线人现在也和拥有固定薪资的黑手党人一样了吗？发年终奖？有带薪休假？不过，不到一分钟，他便理清了头绪。

"他经常四处奔波吗？"

"是的，但范围不大，基本不出本省。"

"那你是想说，他现在是失踪人口？"

"不……我不知道。"

"但我要告知你，我们现在无法立刻采取行动。"

"为什么？"

"因为你哥哥是个独立的成年人，而且身心健康。也许他只是出于个人原因想离开几天。明白吗？况且，我们还无从得知他是否……"

"我明白了。那您有什么建议？"

说着这句话时，她终于抬头看了一眼蒙塔巴诺。蒙塔巴诺突然觉得有一股暖流涌遍全身。这双眼眸如同一潭幽深、蔚蓝的湖水，任何男人都愿意纵身跃入，哪怕溺死也不离开。这样看来，米凯拉女士始终低垂着眼眸反倒是一件好事了。经过一番思想斗争，蒙塔巴诺终于跟跄划行，游出迷人的湖水，上了岸。

"呃，我觉得你应该回到你哥哥的住处，再找一找。"

"我昨天已经找过了。虽然我并没有进去，但是我按了好久的门铃，还是没有人应答。"

"为什么会这样？"

"我不知道……可能他在浴缸里滑倒了没法走路，也可能他发了高烧。"

"警长，我可不只是按了门铃。我还大声叫唤了他。如果他在浴缸里滑倒了的话，他也能答应我一声啊。毕竟，他家也不大。"

"恐怕我还是得劝你再回去等等。"

"我不会一个人回去的。您愿意陪我一起回去看看吗？"

她再次看向他。这次，蒙塔巴诺突然发觉自己再一次沉入了她的眼眸，而且湖水就要淹到头顶了。他想了一小会儿，然后做出了决定。

"这样吧，我跟你说，如果今晚七点你还是联系不上你哥哥，你再来警局，到时我陪你去你哥哥家。"

"十分感谢！"

她站起身，向蒙塔巴诺伸出了手。蒙塔巴诺握住了她的手，却发现她的手没有任何其他的反应，好像一块没有生气的死肉。

※

十分钟后，法齐奥回来了。

"那个孩子才十七岁啊。他竟爬上自家露台，注射了过量的毒品，死掉了。连抢救都来不及！可怜的孩子！我们抵达现场时，他已经死了。这已经是近三天来第二例因嗑药过量死亡的人了。"

蒙塔巴诺目瞪口呆地看着他。

"第二例？你的意思是说还有第一例？为什么没人告诉我？"

"第一例的死者名叫法苏洛，是个机械工程师。不过，他是吸可卡因死的。"法齐奥说。

"可卡因？你在说些什么？法苏洛死于心脏病！"

"死亡证明上确实是这么写的，没错！他的朋友们也是这么说的。但是，镇上的人都知道，是毒品诱发了他的心脏病。"

"隐瞒事实？"

"对外可不能这么说，警长。"

"好吧，你认识一个叫安吉洛·帕尔多的人吗？他大概四十二岁，做线人。"

法齐奥在听到安吉洛·帕尔多的工作时并没有表现得很惊讶，也可能他并没有真正理解。

"不认识。你怎么问起这个人来？"

"他两天前好像失踪了，他妹妹很担心他。"

"你是希望我……"

"不是现在，再等等吧。如果这个人还是音讯全无，我们就得采取点行动。"

※

"蒙塔巴诺警长吗？我是拉特斯。"

"我能帮您做些什么？"

"家人还好吗？"

"我们不是几小时前刚谈论过这个吗？"

"也是。说正事吧，我想和你说，今天局长见不了你了，你高兴吧。"

"博士，您看，这事不赖我啊，是局长自己要见我的。"

"真的吗？呃，这没什么区别啊。你明天上午十一点有空吗？"

"当然。"

一想到他不用见局长，他的心情就变得特别畅快，想庆贺一番。他唯一想去的地方就是恩佐餐厅。

他大步走出警局。天空已经开始呈现出夏天的色彩，但天气还不是很热。他缓缓地走着，享受独属于他的悠闲时光。他甚至已经想好了一会儿吃点什么。但是，当走到餐厅门口时，他的心一下子就凉了。店门是锁着的。他的心里腾地冒起了一股无名火，狠狠地朝店门踢了一脚，然后转身，骂咧咧地就要走。然而，还没走出去两步，他就听见有人在叫他。

"警长！什么，难道您忘了我今天不营业吗？"

天啊！他又忘了！

"但是，如果您愿意与我们两口子共进……"

他赶紧飞奔了过去。他真是敞开了肚皮吃，自己都有点不好意思了，可就是控制不住。等他吃饱了，恩佐几乎都要鼓掌了。

"注意身体啊，警长。"

蒙塔巴诺花了好长时间才沿着码头走回了警局。

下午剩下的时间里，他都在与瞌睡做斗争，时不时地眼皮坠地，点头连连。每当困得不行时，他就站起来去洗把脸。

晚上七点时，坎塔雷拉告诉他，早上那位女士又来了。

一进屋，米凯拉·帕尔多只说了一句话：

"一无所获。"

她并没有坐下。她只想马上赶去哥哥家，让警长充分认识到自己有多着急。

"好吧，"蒙塔巴诺说，"我们一起去看看。"

路过坎塔雷拉身边时，蒙塔巴诺嘱咐道：

"我要和这位女士一起出去。如果你一会儿有事找我，就来我家吧。"

"不如开我的车去？"米凯拉·帕尔多指着一辆蓝色的大众Polo。

"我自己开车跟在你的车后面好一些。你哥哥住在哪里？"

"有点远，在镇上的新开发区。你知道维加塔二区吗？"

他当然知道维加塔二区。一些不良房地产商在利益驱使下偷工减料，造出了一堆地狱似的破房子。他就是死也不想去那边住。

2

幸运的是，安吉洛·帕尔多住在一栋三层的小楼里，是由十九世纪别墅改建而成的，位置恰好在新建楼盘边上。警长也很庆幸。他在那些阴暗潮湿、洞窟般的地方连五分钟都不愿意待。十英尺乘六英尺，就这么大，但宣传册上竟然说房间宽敞明亮。前门锁住了。就在米凯拉开门时，蒙塔巴诺注意到对讲机上居然有六个名牌。也就是说，这栋小楼里住着六户人家。一层有两户，其余楼层共有四户。

"安吉洛住在顶楼，不过没有电梯。"楼梯很宽，走起来很舒适。不过，似乎除了安吉洛以外，整栋楼没有其他人常住。现在这个时候，人们通常都开始准备晚饭了，但是楼里没有一丝人声，也没有电视的声响。

走到顶楼，他发现这层有两户人家。米凯拉直接走向左边。在开门前，她指了指钢板门旁边一扇带有铁格栅的小窗户给蒙塔巴诺看。上面的百叶窗是拉下来的。

"我就站在这里喊他，他要是在里面的话，肯定听得见。"

她打开第一道锁，然后掏出另一把钥匙，插入另一道锁中，转了四下，门开了，但她并没有直接进去，而是站到了一旁。

"您先请？"

蒙塔巴诺推开门，摸索着打开了灯，然后走了进去。如同警犬般细细嗅着空气中的气味，他立马确信，在这间公寓中没有任何人存在，不论是活人还是死人。

"跟着我！"他对米凯拉说。

房子入口处连接着一条宽敞的走廊，走廊的左手边依次是主卧、主卫以及次卧，右手边依次是书房、厨房、次卫和一个小得不能再小的客厅。屋子里的一切都格外整齐干净。

"你哥哥雇保姆了吗？"

"雇了。"

"她上一次来这里是什么时候？"

"我不知道。"

"好吧，女士，你之前经常来这里吗？"

"是的。"

"为什么？"

这个问题让米凯拉很慌张。

"你什么意思啊，'为什么'？因为他是……我哥哥啊！"

"哦，对了。我记得你说过，安吉洛每天都去看你和你们的母亲。那么他没去的时候，你们就会来这里看他，对吗？"

"呃……是的，但也不怎么经常来。"

"好吧。但当你母亲不在的时候，你为什么要单独跟你哥哥见面呢？"

"我的天呀，警长，您怎么能这么说。这只是我们从小养成的习惯而已。我和安吉洛之间向来如此，似乎是一种……"

"默契？"

"可以这么说。"

她咯咯笑了起来。蒙塔巴诺决定换个话题。

"我们来看看衣服有没有丢失吧，你哥哥所有的衣服都在这儿吗？"

她跟着警长进了主卧。米凯拉打开衣橱，看了看那些衣服，随后将其逐一取了出来。

蒙塔巴诺发现，安吉洛所有衣服的用料和剪裁都很讲究。

"全都在这儿了，就连三天前他去妈妈家穿的那套灰色西装也在。要说少了点什么的话，我觉得就只有一条牛仔裤。"

衣橱的顶部放着两个雅致的皮革手提箱，一个大点，一个小一点，都用玻璃纸包着。

"手提箱也都在这儿。"

"他有旅行用的小旅行包吗？"

"有，一般放在书房里。"

他们接着来到了书房。一个小的旅行包放在书桌旁边。其中一面墙被几个药房里的那种架子完全挡住，外面是玻璃滑门。不过，架子上的确摆了很多药罐、药箱、烧杯以及其他一些玻璃瓶。

"你不是说你哥哥是线人吗？"

"是的，他在制药厂上班。"

蒙塔巴诺明白了。安吉洛就是过去常说的"医药代表"，就像人们经常管清洁工叫"生态代理人"，或者管女保洁员叫"家务伙伴"一样，纯粹是附庸风雅，换汤不换药。

"他以前是……其实，现在也是……医生，但是他当医生的时间并不长。"米凯拉支支吾吾地补充道。

"好。正如你所看到的，女士，你哥哥不在这儿。如果你愿意的话，我们走吧。"

"好吧。"

她不情愿地同意了，但还是环顾四周，仿佛这样就能转眼看到她哥哥正躲在某个角落里钻研肝病药物一样。

蒙塔巴诺走在前面，等她关上灯，检查完后锁好双层门。他们下楼梯时，整栋楼里安静得连针掉落的声音都能听到。这究竟是栋空楼，还是住在楼里面的人都死了？一走出去，蒙塔巴诺发现米凯拉郁郁寡欢、神情低迷，内心深处突然对她产生了愧疚之情。

"你哥哥肯定会很快和你联系的，放心吧。"他语气温柔地安慰道，并向她伸出了手。

但是米凯拉并没有回握，只是更悲伤地向他挥手告别。

"听着，你哥哥……他是不是……和某人有某些特殊关系？"

"据我所知，他并没有。"

她看向他。在那一瞬间，蒙塔巴诺再次觉得自己要拼命游离她眼中的湖水，以免溺死。湖水越来越黑，黑得仿佛像是降临的夜色。

"怎么啦？"他问。

她没有回答，只是睁大了眼睛。蒙塔巴诺觉得她眼中的湖水瞬间变成了汪洋大海。

游啊，萨尔沃，游啊。

"怎么啦？"他又问了一遍。

她还是没有回答，反而转身背向他，再次开了门。她又上了楼，到了顶楼，但是并没有停下。紧接着，警长发现墙壁有凹进之处，里面有一个螺旋形楼梯直通一扇玻璃门。米凯拉爬上去，拿出钥匙，插进锁头，却打不开。

"我试试吧！"他说。

把门打开后，他发现自己在一个露台上，它的面积跟别墅的占地面积一样大。米凯拉把他推到一边，径直跑向一个几乎位于露台正中央的小房子。这个小房子只有一扇门，旁边有一扇窗，但门窗都锁着。

"我没有钥匙，"米凯拉说，"我从来都没有这里的钥匙。"

"但你怎么会想到……"

"这里以前是洗衣房。安吉洛连露台带这间屋子都租了下来，并改造了一番。有时他会来这里读书或者晒太阳。"

"明白了。但是，如果你没有钥匙的话……"

"看在上帝的份上，请把门撞开吧。"

"听着，女士，不管情况怎样，我都不能……"

她焦急地望向他。他妥协了。用单肩推了推，蒙塔巴诺就把胶合板门打开了。他走了进去，但还没找到开关就大叫道：

"别进来！"

他敏锐地察觉到了房间里弥漫着浓郁的死亡气息。

可即便是在一片漆黑的情况下，米凯拉肯定也觉察到了什么，因为蒙塔巴诺首先听到了一丝抑制着的呜咽声，然后听到她昏倒在地，不省人事。

"我现在该怎么办！"他自问道，并下意识地咒骂了几句。

他弯下腰把米凯拉抱了起来，送到玻璃门旁边。但是，坚持像电影里"公主抱"一样的抱法，他们俩永远都下不去螺旋楼梯。于是，他竖直抱着米凯拉，双手环抱住她的腰，紧紧贴着她的背，把她举了起来。通过这种方法，他才小心翼翼地把米凯拉带下了楼。有时他会不小心碰到米凯拉穿的紧身衣，才注意到这宽大衣裙下包裹的竟是这样一具瘦弱纤细的身躯。终于，他扛着米凯拉来到了顶楼另一户人家的门前，按响了门铃，希望里面还住着人，开开门；或者门铃声能吵醒其他住户。

"谁啊？"门后面，一个男人怒吼道。

"我是蒙塔巴诺警长。您可以给我开一下门吗？"

门开了，"维克多·埃马纽埃尔三世"从门后现身。又是一个完美的复制品：一样的胡须，一样的中等身材。除了他穿的是平民衣服外，其他方面简直一模一样。一看见蒙塔巴诺抱着米凯拉，他便误解了，立刻怒火中烧，满脸通红。

"请让我进去！"蒙塔巴诺说道。

"什么？！你想进我家？！你这个疯子！想来我家继续做爱？真是厚颜无耻！"

"不是这样的，那个，国王，我……"

"无耻！我要报警了！"

随后他砰地摔上了门。

"混蛋！"蒙塔巴诺怒骂道，并狠狠地踹了门一脚。

由于抱着个女人，蒙塔巴诺的身体一下子失去了平衡，两个人差点摔倒在地。他再次像抱新娘一样抱起了米凯拉，小心翼翼地走下台阶。走到一楼时，他再次按响了一楼住户的门铃。

"谁啊？"

听声音像是十岁左右的小男孩。

"我是你爸爸的朋友。你能把门开开吗？"

"不行。"

"为什么？"

"因为爸爸妈妈告诉我，他们不在家时不能给任何人开门。"

蒙塔巴诺这时才想起来，刚才米凯拉的手提包从他的胳膊上滑下去了。问题解决！他抱着米凯拉重新上了楼，让她倚靠着墙，并用自己的身体抵着她，免得她滑下去（没什么害羞的），然后取出钱包，拿出钥匙，打开了安吉洛家的房门，把米凯拉拖进主卧，放到床上，之后走进卫生间，拿起一条毛巾，拧开水龙头，用水将毛巾浸湿，再返回卧室，把毛巾放在米凯拉的额头上。做完这些后，他已经筋疲力尽了，瘫倒在床上，喘着粗气，浑身都被汗水打湿了。

现在该如何是好？他知道现在不能把这个女人单独留在这里，自己返回露台去进行调查。不过，问题很快便解决了。

"他在那里！"他的"国王"在走廊里大声嚷道，"看到没有，他马上就要对那个女人下手了！"

法齐奥跟在"国王"后面，手里握着一把枪，看到是蒙塔巴诺就咒骂了一句。

"先生，请您回家吧。"

"你不打算逮捕他？"

"现在给我回家去！"

"维克多·埃马纽埃尔三世"有了另一个精彩的想法。

"你是同谋！帮凶！我要去叫宪兵！"他大声喧哗着，随即跑出了房间。

法齐奥也随他跑了出去，但是五分钟后又回来了。

"我向他解释清楚了。这里究竟发生了什么？"

蒙塔巴诺把事情原原本本地说了一遍。同时，他发现米凯拉似乎要醒了。

"你自己一个人来的？"蒙塔巴诺问道。

"不是，加洛在车里等着。"

"把他叫过来。"

法齐奥给加洛打了个电话，加洛立马就出现了。

"看好这个女人，千万不要让她上露台，知道吗？"

带着法齐奥，他再次走上了螺旋形楼梯。露台上漆黑一片，伸手不见五指。夜幕已经降临了。

他走进小房子，开了灯。首先映入眼帘的是一张摆满了报纸杂志的桌子。一台冰箱。一个单人沙发床。墙上钉了四片木板用作书架。一个酒柜，酒架上摆满了酒瓶和玻璃杯。墙角有一个排水槽。一把办公室最常见的皮制扶手椅。一切都被安吉洛布置得很好。但是，此刻安吉洛却瘫倒在扶手椅里，死于枪杀，半边脸血肉模糊。他的上半身穿着一件 T 恤，下半身穿着一条牛仔裤。牛仔裤的裤门开着，生殖器赤裸裸地悬在双腿之间。

"我现在要做什么？通知其他警员？"法齐奥问道。

"通知吧，"蒙塔巴诺说，"我要下楼去。"

他在现场又能做什么呢？过不了多久，整个圈子里的人都会过来：检察官、法医、犯罪实验室人员，还有机动小组新任组长贾科瓦佐，他将领导此次调查……如果他们用得着蒙塔巴诺，他们知道去哪里找他。

当他回到主卧时，米凯拉正坐在床上，脸上没有一丝血色，惊恐不已。加洛正站在离床几步远的地方。

"到露台上给法齐奥帮忙吧，我在这儿待着。"

加洛如释重负，听从命令离开了。

"他死了？"

"嗯。"

"怎么死的？"

"被人用枪打死的。"

"哦，我的天哪！哦，我的天哪！哦，我的天哪！"她用双手捂住面颊，哭了起来。

但她终究还是个坚强的女人。她拿起一个玻璃杯喝了一小口水。这杯水显然是之前加洛给她倒的。

"为什么？"

"什么为什么？"

"他为什么被杀？为什么？"

蒙塔巴诺耸了耸肩。但是米凯拉又提出了另一个难题。

"妈妈！我的天哪！我怎么跟我妈妈说？"

"别说！"

"但我必须得告诉她！"

"听着，你给她打电话，告诉她安吉洛出了严重的车祸，现在已经被送去医院抢救，情况危急。因此你要整晚待在医院里等消息。别告诉她在哪家医院。你妈妈在这里还有别的亲人吗？"

"还有一个姐姐。"

"她也住在维加塔？"

"是的。"

"打给她，说一样的话。让你姨妈去你家，陪着你妈妈。这样你整晚待在这里也许能更安心。相信我，明早你就能调整好心态，找到合适的措辞去告诉你妈妈真相。"

"谢谢！"米凯拉说。

她站了起来，踉跄着走进了书房，那里有电话。

他也走出了卧室，走进客厅，一屁股坐到一个扶手椅里，点上一根烟抽了起来。

"警长，你在哪儿呢？"

这是法齐奥的声音。

"我在这儿，怎么了？"

"我来传个话，警长。顶多半个小时后，他们就会抵达现场，但是贾科瓦佐长官这次不会来。"

"哦？他为什么不来？"

"他跟局长说不来，局长也同意了。他手里好像还有些其他要紧的事情要处理。长话短说，无论你愿不愿意，这个案子都将由你来负责。"

"知道了。其他人到现场时再来通知我。"

他听见米凯拉走出了书房，然后把自己锁在了两个卧室之间的卫生间里。十分钟后，米凯拉才从卫生间里出来。她刚洗了个澡，换上了一件女式睡袍。一抬头，米凯拉便注意到蒙塔巴诺正盯着她看。

"这件睡袍是我的，"她解释道，"以前，我有时会在这里过夜。"

"你和你妈妈说了吗？"

"嗯。她算是接受了吧。约莱姨妈现在正在她身边。你看，我妈妈的脑子不是很好，有时她很清醒，有时又很糊涂。我告诉她安吉洛的事，她就好像在听我谈论一个熟人的事似的。不过我想，这样或许对她来说更好些。哦，你要来点咖啡吗？"

"不用了，谢谢。不过，要是你有点威士忌的话，我想……"

"当然！我自己也想喝点。"

她走出去，然后回来时手里端着一个托盘，托盘上有两个玻璃杯和一瓶未开封的威士忌。

"我去看看有没有冰块。"

"我直接喝就好，不用拿冰块了。"

"那我也直接喝好了。"

如果没有发生一个男人在露台上被枪杀的事情的话，此情此景还真是一次浪漫的邂逅。要是再配上音乐，那就太完美了。米凯拉深深地叹了口气，疲倦地把头倚靠在椅背上，并闭上了眼睛。蒙塔巴诺决定谈论一个更为严肃的话题。

"你哥哥可能是在做爱期间或做爱后被杀的。还有一种可能，就是他是在自慰时被杀的。"

米凯拉一下子跳了起来。

"你个白痴！你胡说些什么！"

蒙塔巴诺假装没听到米凯拉骂他。

"干吗这么惊讶？你哥哥已经四十二岁了。你之前每天都看到他，但是按你所说，他至今竟然还没有女朋友。好吧，让我换个问题：你哥哥有男朋友吗？"

情况越来越糟了。米凯拉开始浑身颤抖，伸出手臂，把食指像手枪一样直指蒙塔巴诺。"你，你这个……"

"米凯拉，你到底想掩饰些什么？"

她坐回到了扶手椅里，用手捂着脸，哭泣着。

"安吉洛……我可怜的哥哥……我可怜的安吉洛……"

前门一直开着，所以他们听到了很多人上楼的声音。

"我现在得走了。"蒙塔巴诺说，"但是你现在先不要睡，过一会儿我还得回来找你继续讨论案情。"

"不行。"

"听着，米凯拉！你不能拒绝。你哥哥死于谋杀，所以我们必须——"

"我没有想拒绝你。我的意思是，我本来应该洗个澡，吃片安眠药，然后上床睡觉，但你连个招呼也不打就又来，还要问我更多问题，这是不行的。"

"好吧，但是我要告诉你，明天将是很艰难的一天。此外，你还得去辨认尸体。"

"哦，我的天哪！哦，我的天哪！哦，我的天哪！但是为什么？"

对待这个女人，你必须要有圣人般的耐心。

"米凯拉，当我打开门后，你十分确定那人是你哥哥吗？"

"十分确定？周围太黑了。我瞥见……我觉得我看到了椅子上有一具尸体，还有……"

"所以，你也不能确定死在椅子上的是你哥哥？事实上，我也无法确定。你能明白我说的话吗？"

"能。"她说。

一颗硕大的泪珠夺眶而出，从她的脸颊上滑落。她小声咕哝着什么，但蒙塔巴诺听不太清楚。

"你在说什么呢？"

"埃琳娜。"她清晰地重复了这个名字。

"她是谁？"

"我哥哥之前常和这个女人……"

"你为什么要包庇她？"

"她已经结婚了。"

"他们认识多久了？"

"最多半年。"

"他们相处得如何？"

"安吉洛和我说过，他们经常吵架……埃琳娜……特别容易吃醋。"

"你知道有关这个女人的一切吗？比如，她丈夫叫什么？她住在哪里？等等。"

"知道。"

"告诉我。"

她把她知道的全都告诉了蒙塔巴诺。

"你和这个埃琳娜·斯克拉法尼是什么关系？"

"我只知道她长什么样。"

"也就是说，你没有理由去通知她你哥哥死了？"

"嗯。"

"好吧，你现在可以去睡觉了。明天早上，大概九点半，我再来这里接你。"

3

有人肯定已经找到了露台上那两盏灯的开关，只见灯光把离洗衣房最近的区域照亮了。托马塞奥检察官在明亮的区域来回走动，躲着暗处。两名身穿白色工作服的人员坐在栏杆上，手里拿着点燃的香烟。他们一定是救护人员，等着把尸体运送到太平间。

法齐奥和加洛守在房间门口。在此之前，他们把房门从门轴上拆了下来，并把它靠在墙上。蒙塔巴诺看见帕斯夸诺医生正在洗手，这意味着他已经验完尸体了。这位验尸官看上去比以往要气愤得多。也许是因为今天是周四——他的扑克之夜。他正玩在兴头上，却被叫来验尸，所以很不高兴。

托马塞奥快步走到蒙塔巴诺面前。

"死者妹妹说了什么？"

很明显，法齐奥向他透露了蒙塔巴诺的行迹。

"什么也没说，我没有审问她。"

"为什么没有？"

"托马塞奥检察官，您不在场啊，我哪敢贸然采取行动。"

这位公诉人深吸了一口气，活像一只雄性火鸡。

"那你和她在一起时都做了些什么？"

"我让她睡觉去了。"

托马塞奥迅速扫视了一圈，然后略有深意地往蒙塔巴诺身边凑了上去。

"漂亮吗？"

"我找不到合适的词来形容，但她确实挺漂亮的。"

托马塞奥舔了舔嘴唇。

"我什么时候……审问她？"

"明天上午十点半左右，我把她带到您办公室去。您那时候有空吗？我十一点还要去见局长。"

"有空，就这么定了。"

他又舔了下嘴唇。然后，帕斯夸诺走了过来。

"怎样？"托马塞奥问道。

"还能怎样？你不是看见了吗？脸部中枪，一枪毙命。就这样。"

"他死了多久了？"

帕斯夸诺轻蔑地瞅了一眼托马塞奥，没有回答。

"大概多久？"蒙塔巴诺试探着问道。

"今天是周几？"

"周四。"

"大约说来，他应该死于周一的后半夜。"

"就这些？"托马塞奥再次插话，看上去很失望。

"我可没检查出死者身上有标枪或者回旋镖的伤痕。"帕斯夸诺嘲讽地答道。

"不不不，我想说的是这一事实，他的'弟弟'——"

"哦，所以呢？你是想知道他的'弟弟'为什么暴露在外？他发生过性行为。"

"你的意思是说，他是在自慰后毫无防备时遭到杀害的？"

"我可没提及自慰，"帕斯夸诺说，"也可能是口交。"

听到这里，托马塞奥的眼睛忽然亮了起来，活像一只见了鱼的猫。他渴望听到更多关于这方面的细节，狂喜不已。

"你真的这么认为？所以，是一个女人在完事后杀了他？"

"你凭什么认为凶手是个女人？"帕斯夸诺问，他现在已经不生气了，反而开始消遣托马塞奥，"也可能是同性做的。"

"也对，"尽管不情愿，托马塞奥还是不得不承认这一点。

同性恋的假设并不能吸引他。

"但是，我们也无法证明只发生了口交。"

帕斯夸诺又投下一个饵，这位检察官立刻就咬钩了。

"真的？"

"嗯。也有可能是一个女人，假设，假设是一个女人，当时跨坐在死者身上。"

托马塞奥眼里的光更亮了，他从来没有这么像一只猫。

"没错！那个女人与死者达到了高潮，眼睛注视着死者，手里拿出早已准备好的枪，然后——"

"等等，你凭什么认为那个女的会看着死者？"帕斯夸诺一脸真诚地打断了托马塞奥的话。

蒙塔巴诺觉得不能再纵容帕斯夸诺这般恶作剧了，要不然自己随时都会笑出声来。

"就这个体位，怎么可能不看着死者的眼睛！"托马塞奥嚷嚷着。

"我们也不知道他们用了什么体位啊。"

"你刚才不是说——"

"听着，托马塞奥，那个女的确实可能是跨坐在死者身上的，但是我们不知道她是怎么坐的。她有可能是面对着死者坐的，也有可能是背对着死者坐的。"

"也对。"

"如果是第二种情况，她就不能看着死者了。你说是吗？无论如何，若是这种体位，死者肯定体验了一把有钱人才能有的销魂时刻。好了，我要走了，晚安。我随时待命。"

"喂，等等，别走！你还没给我解释完呢！什么是'有钱人才能有的销魂时刻'？"托马塞奥一边叫喊着一边去追验尸官。

他们随即消失在无边暗夜中。蒙塔巴诺走向法齐奥。

"犯罪实验室的人迷路了吗？"

"他们马上就到。"

"听着，我现在要回家了，你守在这里。明天办公室见。"

他回到家时，正赶上收看本地的新闻。当然，现在还没人知道安吉洛·帕尔多死亡一事。但是，这两个本地广播台——维加塔电视台和自由频道——仍在讨论另一起死亡事件，关于发现了一位显赫人物的尸体。

周三晚上八点左右，尊敬的阿曼多·洛克波诺议员动身去看望同党派的斯特凡诺·尼科特拉参议员。过去五天里，后者一直待在维加塔和蒙泰雷亚莱之间的乡间别墅里，从繁忙的国事活动中忙里偷闲。上周日早上，他们在电话里约好这周三晚上见面。

斯特凡诺·尼科特拉，七十岁，早年丧偶，膝下无子，是土生土长的维加塔人，也是维加塔乃至整个意大利的英雄。他曾任农业部部长，连任副国务卿。他巧妙地操控着老牌大党基督教民主党的各股势力，即便遇上最危险的政治风暴也总能逢凶化吉。在可怕的"反腐"风暴期间，他又化身为"潜水艇"，仅靠潜望镜在水下航行，只在发现安全的"避风港"后才浮出水面。这处"避风港"就是由前米兰房地产投机商建造的。这位投机商掌控着全国三大私人电视台之一，而且是国会议员，建立了一个以他自己为首的政党，最后还登上了总理宝座。此次"沉船"事件中的一些幸存者都攀上了尼科特拉这棵大树，其中就有阿曼多·洛克波诺。

到达参议员的别墅后，阿曼多·洛克波诺议员在门口敲了很长时间的门，但是无人应答。因为早就知道只有参议员一人在家，所以他绕着房子走到窗户下，透过窗户向里面张望。他看见他的老朋友倒在地板上，不知是昏过去了还是死了。由于年事已高，他没法爬过窗户进去，于是他打了电话求助。

简而言之，根据报纸上的报道，尼科特拉参议员在上周日与尊敬的洛克波诺议员通过话后死于"心脏衰竭"。这个周一和周二，没有任何人见过参议员。尼科特拉本人跟秘书说过自己要独处，谢绝任何人打扰。因此，他拔下了电话线。他还说如果有任何需要，他自己会提出来的。

维加塔电视台的政治评论员皮波·拉贡涅丝报道了全体意大利人民对于失去这位杰出政治家的悲痛。党——就是尼科特拉参议员全心全意忠于的那个党——的第一常务负责人向其家属发出了唁电。

"什么家属？"蒙塔巴诺自问道。

众所周知，这位参议员没有家属。如果说那位党的第一常务负责人是向黑手党的西纳格拉家族表达了哀悼，那未免有点太离谱了，简直连一丝可能性都没有。据说，这位参议员曾与西纳格拉家族有过长期来往，到现在也没有断，双方都从中受益颇丰。但是，这一切都无法证实。

皮波·拉贡涅丝最后提到，参议员的葬礼将于次日，也就是周五，在蒙特鲁萨举行。

关掉电视后，蒙塔巴诺什么也不想吃。他走到外面，在阳台上坐了一会儿，享受了一番清凉的海风后就上床睡觉去了。

※

早上七点半，闹钟响了。蒙塔巴诺像玩具盒中弹出的玩偶一般从床上跳了下来。八点前几分钟，他的手机响了。

"警长！警长！拉特斯博士打来了电话。"

"他要做什么？"

"他说他要去参加刚去世的参议员的葬礼，局长也会去。也就是说，局长不能如约和你见面了。明白吗，警长？"

"明白，伙计！"

多么美好的一天啊！从放下电话的那一刻起，一切对蒙塔巴诺来说都变得如此美好。一会儿不用和局长见面，这可让他乐傻了。为此，他临时起意，来了两句俏皮话：

一天死掉一议员，

能让局长离远远。

※

米凯拉曾提到过，埃琳娜的丈夫埃米利奥·斯克拉法尼在蒙特鲁萨的一所学校里教希腊语，每天早上自己开车上班。所以，蒙塔巴诺在早晨八点四十分敲了西西里自治街六号公寓的门。他很确信，这位埃琳娜女士，教授的妻子，安吉洛的情人，这个时候会待在家中。实际上，他第一次敲门后并没有人应答。他又敲了敲门，还是没有人应答。他开始担心埃琳娜有可能搭其丈夫的车去了蒙特鲁萨。可他还是有点不甘心，于是第三次敲了敲门。结果和前两次一样。他咒骂着，准备转身离开。刚要下楼时，他突然听到门后传来了一个女人的声音：

"谁在外面？"

这个问题总是很难回答。首先，应该回答的人可能会在一瞬间对自己的身份产生迷惑；其次，告知实情并不总是好的选择。

"管理员。"他说。

蒙塔巴诺认为，在所谓的当代文明社会中，人们总是需要管理者来管着他们。这个人可能是社区管理员，也可能是法定监护人，但这都没什么要紧的区别。要紧的是：他在那儿，永远在那儿。他小心谨慎，甚至秘而不宣地管理着你，随时准备让你为自己犯下的错付出代价，甚至可能连你自己都不清楚自己犯没犯过错。约瑟夫·K[1]就对此事略知一二。

门开了，一个年纪约三十岁的美貌金发女郎从屋里走了出来。她身穿一件滑稽的和服，睡眼蒙眬，微翘的双唇即便没涂口红也透着诱人的火红色。大概是刚睡醒便起来开门的缘故，她浑身都散发着一股浓郁的睡意。警长突然觉得很不舒服，很大程度上是因为这个女人光着脚竟然也比他高。

"你想做什么？"

她提问的语气让蒙塔巴诺明白，这个女人显然不愿意耽误工夫，只想着回去接着睡。

"警察。我是蒙塔巴诺警长。早上好。请问你是埃琳娜·斯克拉法尼吗？"

她的脸色刷的一下变得惨白，踉跄着往回退了一步。

"我的天哪，是我丈夫出了什么事吗？"

蒙塔巴诺震惊了，他没想到她会问这种问题。

"你是说你丈夫吗？不，他很好。你为什么要这么问？"

"因为每天早上他都自己开车去蒙特鲁萨上班，我……呃……他不太会开车……我们结婚这四年来，他已经出过十次小事故了，所以……"

"夫人，我想和你谈的与你丈夫无关，是关于另一个男人。

---

1 弗兰茨·卡夫卡的小说《审判》中的主人公。约瑟夫·K 在一个早晨被唤醒后，不明原因地被捕，陷入一场难缠的官司中，却不知道自己的罪名。K 最终在一个黑夜里被带走，并被秘密处死。

我有一些事情想问你，我觉得我们进屋去谈会比较好。"

她退向一旁，领着蒙塔巴诺走进了她家的客厅。客厅很小，但很别致。

"请坐，我马上回来。"

她花了十分钟更衣。回来时她穿着一件宽松的女款衬衫和一条及膝裙子，脚踩高跟鞋，把头发高高地盘在了头顶。她在蒙塔巴诺面前的一把扶手椅上坐下来，对他的到来表现得既没兴趣也不担心。

"喝点咖啡吗？"

"如果有现成的话……"

"没有现成的，我给您现做吧。我自己也得喝点。早上不先来一杯咖啡，我整个人都会觉得没精神。"

她走进厨房，开始在橱柜里翻找咖啡豆。她中途去接了个电话。等她回来时，手上端着煮好的咖啡。他们各自在咖啡里加了糖，喝完后才开始询问。

"刚才，是我丈夫打来的。他告诉我说他要开始上课了。他每天都打，报平安的。"

"我可以抽烟吗？"蒙塔巴诺问。

"当然。我也抽，所以……"埃琳娜说，随后便靠在了椅背上，指缝间夹着一只点燃的香烟。"这次安吉洛做了什么？"

蒙塔巴诺疑惑地看着这个女人，惊讶得微张了嘴巴。过去半个小时内，他一直在考虑如何向她提起关于她情人的事，她怎么这么直截了当地自己说出来了呢？

"你怎么知道我想问——"

"警长，目前在我的生活中只有两个男人。您已经说得很清楚了，您不是来谈我丈夫的，所以您肯定是来谈安吉洛的。我说得对吗？"

"对，你说得对。但在进行下一步谈话前，你能解释一下你为什么用了'目前'这一词？你这是什么意思？"

埃琳娜笑了。她的牙齿很白很美，像只年轻的雌兽。

"我的意思是，当下，我的男人只有埃米利奥——我丈夫——和安吉洛。但是大多数情况下只有埃米利奥。"

就在蒙塔巴诺还在纠结这些词句的含义时，埃琳娜再次开口：

"您认识我丈夫吗？"

"不认识。"

"他真的是一个很特别的人：善良、聪明、善解人意。我今年二十九岁，而他已经七十岁了。他老得都能当我爸爸了，但是我爱他。我试图对他忠贞，我真的尽力了，但我还是做不到。正如您所见，我虽然不知道您来访的缘由，但还是跟您坦诚相见。对了，是谁告诉您关于我和安吉洛的事情的？"

"米凯拉·帕尔多。"

"啊！"

她把手上的烟在烟灰缸里掐灭，然后又点上了一支。她皱了皱秀美的眉头，努力集中注意力。毫无疑问，这个女人真的是不仅漂亮，还很聪明。毫无征兆，她的嘴角又泛起了两道皱纹。

"安吉洛出了什么事吗？"

她最终还是开口问道。

"他死了。"

仿佛触电一般，她浑身战栗了起来，然后紧紧地闭上了眼睛。

"他是被人杀死的？"

她小声地哭了出来，不掺杂一丝啜泣。

"你是怎么知道他是被杀的？"

"因为要是他死于车祸或疾病的话，警察不会在早上八点半来询问死者的情人的。"

真令人佩服！

"是，他是被人杀了。"

"昨晚？"

"我们昨天发现了他的尸体，但他应该是死于周一晚上。"

"他是怎么死的？"

"枪杀。"

"哪儿？"

"脸部中枪。"

她开始颤抖起来，像是突然觉得很冷。

"不，我的意思是，他死在了哪里？"

"在他家。你知道他在露台上的那个小屋吗？"

"嗯，他带我去过一次。"

"听着，夫人，我必须问你一些问题。"

"好，你问吧。"

"你丈夫知道吗？"

"知道我和安吉洛的事吗？是的，他知道。"

"是你告诉他的？"

"嗯，我从未向他隐瞒过什么。"

"他嫉妒吗？"

"当然。但是，他能够克制住自己。不管怎么说，安吉洛都不是我第一个情人。"

"你们平时都在哪儿见面？"

"在他家。"

"在露台上的那间屋子里？"

"我们从不去那里。我刚才说了，他只带我去那里看过一次。他对我说，他平常在那里读读书、晒晒太阳。"

"你们多久见一次？"

"不一定。通常，当我们两人中的一人有需求时，我们就会联系对方。有时，我们长达四五天都不见面，可能是因为我太忙了，也可能是因为他在省内出差。"

"你有没有吃过醋？"

"吃安吉洛的醋？没有。"

"但是米凯拉说你是个善妒的人。还说近来你们一直吵架。"

"我甚至都不认识米凯拉。我从未见过她，不过安吉洛倒是经常向我提起她。我想她应该是误会了。"

"误会什么？"

"我们吵架啊。我们吵架并不是因为嫉妒。"

"那是因为什么？"

"我想要离开他。"

"是吗？！"

"你干吗这么惊讶？只不过是激情退却罢了，而且……"

"而且？"

"而且，我发现埃米利奥很在乎这事，尽管他并没有表现出来。他以前从没如此悲伤过。"

"安吉洛不希望你离开他？"

"不希望。我觉得他想开始和我发展一段从一开始就没料到的感情。你懂的，在女人的事情上，安吉洛太稚嫩了。"

"不好意思，我想问一下，周一晚上你在哪里？"

她笑了。

"我刚还一直在想，你什么时候会问这个问题。我没有不在场的证明。"

"你能告诉我你当时在做什么吗？待在家里？出去和朋友见面？"

"我出去了。安吉洛打算在晚上九点钟左右和我在他家共度周一之夜。但在我出门后，我竟然鬼使神差地转错了方向。于是我就继续往前行驶，并强迫自己不要折回去。我想要知道，在安吉洛焦急等待和我做爱时，我是否真的能够放他鸽子。我漫无目的地开了两个小时，然后就回家了。"

"那你就不奇怪为什么安吉洛在第二天甚至第三天都没有联系你吗？"

"没有。我以为是他记恨我，所以再也不联系我了。"

"你有试图联系过他吗？"

"没有。我永远也不会那么做。我和他从一开始就是个错误。也许我们之间真的是彻底结束了。一想到这，我的内心就觉得无比轻松。"

4

电话再一次响了起来。

"对不起。"埃琳娜说道,站起身来。

离开房间前,她问:

"你还有别的问题要问我吗?因为我觉得这个电话是我闺蜜打来的——"

"最多不会超过十分钟。"

埃琳娜走过去,拿起电话简单说了两句后就挂掉了,然后又走了进来,再次坐下来。从她走路和讲话的方式来看,她似乎完全放松了。她尽量不谈及情人之死,或许她是真的不再关心这个男人了。这样再好不过。蒙塔巴诺也不用再隐瞒什么或者担心什么了。

"还有一件事要说,不过它似乎有点——我该怎么说呢?——太尴尬了……原谅我,我找不到合适的词来形容……或许这件事只对于我来说很尴尬,因为我……我无法……"

他感到特别困惑。他不知道该如何向这个秀色可餐的女人提出这种问题。

"说吧!"她浅笑着鼓励他。

"好吧！你刚才说周一晚上你要去安吉洛家，因为安吉洛正等着和你做爱，对吗？"

"是的。"

"你当时是打算整晚都和他在一起吗？"

"当然不是了。我从不在那里过夜。我通常在午夜时分就回家了。"

"所以，当时你也就只打算和安吉洛待三个小时。"

"三个小时左右吧。但你为什么这么问？"

"你和他约会迟到过吗？"

"迟到过，但不多。"

"在那些情况下，安吉洛是怎么表现的？"

"他还能表现怎样？通常，他都是既紧张又愤怒。然后他会慢慢平静下来，之后……"她突然又笑了，但和之前格外不同。这笑含蓄、神秘，眼里闪烁着兴奋。"他总是竭尽全力要把失去的时间都补回来。"

"要是我告诉你，那天晚上安吉洛等的人不是你呢？"

"你什么意思？我很确信他不会出去的，因为你说过他是死在露台上的……"

"他是在做爱后才被杀的。"

如果不是真的大惊失色，那她的演技简直与女演员爱莲诺拉·杜丝的不相上下了。她紧接着做出了几个无意义的小动作。站起身又坐下，把空咖啡杯送到嘴边，然后又把它放下，像是喝了里面的咖啡。随后她又抽出一根烟，但是并没有点上，再次站起身又坐下，却不小心打翻了咖啡桌上一个小的木盒子，她就这么看着它，之后才把盒子捡起来放回原处。

"这太荒唐了。"她终于说话了。

"你看，从安吉洛周一晚上的表现来看，好像他很确信你不会去他那里一样。或许是出于对你的怨气，或者是憎恨，也或者是为了报复你，他可能约了别的女人。所以，现在你必须如实地告诉我：那天晚上，在你开车四处转时，你有没有打电话给安吉洛，告诉他你不会去他那里了？"

"没有。所以我才说太荒谬了。我跟你说，有一次我迟到了两个小时，他等我等得快要发狂了，但还是坚持等着。周一晚上，他根本不可能知道我已经决定了什么。我随时都有可能到他家给他个惊喜。"

"不，我可不这么认为。"蒙塔巴诺说道。

"为什么？"

"因为安吉洛在某种程度上已经做好了预防措施。他去了露台上的小房子，而且通往露台的玻璃门是锁上的。你有能打开那扇门的钥匙吗？"

"没有。"

"所以你懂了吗？即便你出乎意料地去了他家，你也不可能给他带来惊喜。你有他家公寓的钥匙吗？"

"也没有。"

"所以，那时你唯一能做的就是敲他家的公寓门，但是没有人会给你开门。过不了一会儿，你就会以为安吉洛不在家，他出去了，可能出去散心了。然后你就会放弃，回家去。如果安吉洛在露台上的那间屋子里，你是看不见他的。"

"但是凶手能看见他。"埃琳娜几乎气急败坏地说。

"那就是另一码事了。"蒙塔巴诺说，"而且你能够帮我。"

"怎么帮？"

"你和安吉洛认识多久了？"

"半年。"

"在此期间，你有没有见过他的任何一个朋友？不管是男的还是女的。"

"警长，可能我之前没有说清楚。我和安吉洛在一起时总是……呃！总是目的很明确。我去他家，先是喝酒，接着脱衣服，最后上床。我们从来没有一起看过电影，或者去餐厅吃饭。不过，最近他很想和我做这些事情，但是我拒绝了。所以我们才吵了很多次架。"

"你为什么不愿意和他约会呢？"

"因为我不想给别人留下话柄来嘲笑埃米利奥。"

"但是安吉洛肯定向你提起过他的一些朋友或女朋友！"

"他确实说过。在我和他见面后不久，他和我说过他刚和一个叫宝拉的女人分手，他管她叫'红头发的'。他还和我说过一个叫马蒂诺的女人，他经常跟她一起到外面吃午饭或者晚饭。但是，他和我提过最多的就是他妹妹——米凯拉。他们两人特别亲密，好像从小就是这样。"

"关于这个宝拉，你知道些什么事？"

"我已经告诉过你我所知道的一切了：宝拉有着一头红头发。"

"他说起过自己的工作吗？"

"没。他只提过一次，他说他的薪水很高，但工作很无聊。"

"他曾经有段时间学医，但后来又放弃了，这你知道吗？"

"我知道，但他从没想过放弃学医。有一次他隐约说起过一些迫使他放弃学医的事。但我并不是很清楚，因为我当时并不在意，所以就没有往下问。"

这倒是个全新的发现。他得去调查更多的细节。

蒙塔巴诺站了起来。

"感谢你的开诚布公。像你这么诚恳的人可并不多见。不过我觉得我还需要再见你一次。"

"警长，无论如何，请您帮我个忙。"

"非常乐意。"

"下次请不要来这么早。您可以在下午来找我。我说过的，我丈夫知道关于我的一切。很抱歉，但我起床确实比较晚。"

※

他迟了半个多小时才到达安吉洛·帕尔多家楼下。但他不必着急，因为和局长见面的时间已经推迟了。他按响了对讲机，很快米凯拉就按下了按钮，一阵"嗡嗡"声后，门开了。蒙塔巴诺上楼时，整栋楼依旧是死一般的寂静。没有人说话的声音，也没有其他任何声响。鬼知道埃琳娜前来见安吉洛时，有没有错跑进到别人家里呢？

米凯拉正在门旁等着他。

"你迟到了。"

蒙塔巴诺发现她又换了一套装束，但仍是想掩藏住她不必掩藏的身躯。她还换了一双鞋子。

难道她在她哥哥家放了一个属于自己的衣橱？

米凯拉意识到了蒙塔巴诺脑海里在想什么。

"今天早上早些时候我回了趟家。我想看看我妈妈昨晚过得怎样，所以我才有机会换套衣服。"

"听着，今早你得去见托马塞奥检察官，虽然我也想陪你一起去，但我觉得我在那儿没什么意义。"

"那个男的想问我些什么？"

"他想问你一些关于你哥哥的事情。我能借用一下电话吗？我得告诉托马塞奥检察官你已经在路上了。"

"那我要去哪里？"

"去蒙特鲁萨法院。"

他走进书房，突然察觉到有些不对劲。有些东西已经变了，但他不知道究竟是什么。他打电话给托马塞奥检察官，告诉他自己不能和安吉洛·帕尔多的妹妹一起过去了。尽管蒙塔巴诺不去，但是这位检察官还是感到很高兴。

重回走廊时，米凯拉正准备离开。

"你能把这间公寓的钥匙给我吗？"

她迟疑了一下，犹豫着打开了手提包，把钥匙递给了蒙塔巴诺。

"要是我想回这儿呢？"

"来警局找我，我会把钥匙还给你的。今天下午我去哪里找你？"

"我家。"

米凯拉走后，他关上前门，然后小跑着进了书房。

自打记事起，蒙塔巴诺的大脑里就长有一个"摄影般准确的眼睛"。比如，进入陌生房间时，他只需看一眼便可以记住房间里所有的东西，大到家具的摆放位置，小到物件的摆设，一件都不会落下。即便过了很久，他依然可以清楚地记得。

他在门口停了下来，右肩倚靠在门柱上，仔细地审视着，立刻就发现了与他记忆不符的东西。

一个小旅行包。

前一天晚上，这个小旅行包还竖直地摆放在桌子旁边的地板上，但是现在它被完全地放到了桌子底下。即便有人需要用电话，它也不会挡道，因此任何人都没理由去移动它。所以米凯拉肯定是把它拿起来检查过，然后没有放回原处。

他忍不住骂了起来。他犯了多么大的错误啊！他就不应该把这个女人单独留在死者的家里，因为米凯拉可以轻而易举地毁掉任何可能有损她哥哥名声的东西。

他一把抓起这个小旅行包，把它放到桌子上。由于没有拉链，这个小旅行包立马就打开了，包里存放着很多纸张，有制药厂的信笺、药品说明书、订单以及收据。

此外，这个小旅行包里还放了两本记事簿，一大一小。蒙塔巴诺首先翻开了大的那一本。地址栏区密密麻麻地记满了全省各地医生、诊所、医院的名字和电话号码。而且，安吉洛·帕尔多还一丝不苟地记下了和工作相关的所有约见事项。

蒙塔巴诺把这本大记事簿放到一边，又开始翻那本小的。这本小的是安吉洛·帕尔多的私人约见记事本，里面记录了埃琳娜、他的妹妹米凯拉以及其他蒙塔巴诺不认识的人的姓名和电话号码。他看到了本周一记录的那一页，安吉洛·帕尔多在那页记下了晚上九点。因此，埃琳娜所说的和安吉洛在案发那晚有约会是真的。看完后，他同样把这本子放在一旁，然后拿起了电话。

"我是蒙塔巴诺，坎塔雷拉，让法齐奥接电话。"

"好的，马上，警长。"

"法齐奥，你现在能到安吉洛·帕尔多家来见我吗？"

"去露台？"

"不，来楼下的房子里。"

"我马上就到。"

"对了，记得叫上坎塔雷拉。"

"叫上他？"

"怎么啦？难道他不能来吗？！"

这张桌子有三个抽屉，他打开了最右边的那一个。这里面也同样塞满了纸张和一些文件，都是关于死者作为——那个职业叫什么来着？——啊，对了，"医药线人"。中间的抽屉打不开，它被锁上了，钥匙也找不到，可能米凯拉拿着。他简直就是个蠢到极点的蠢货！他正要打开左边的抽屉时，桌子上的电话响了，响得如此突然，又如此大声，吓了蒙塔巴诺一跳。他接起了电话。

"你好！"他说，同时他还用右手拇指和食指捏住鼻子以改变自己的声音。

"你感冒了？"

"嗯。"

"昨晚你为什么没有过来找我？你这个卑鄙小人！我今晚等你，就算你得了肺炎，也得给我乖乖过来。"

电话挂了。对方话不多，但措辞强硬，威胁之意溢于言表。可以肯定的是，即便有些医生对医药线人的失误不满，也不会称他是"卑鄙小人"。蒙塔巴诺再次拿起了大的记事簿，翻看前一天，也就是周四的记录。晚上那一块区域是空白的，没有记录任何东西。但是上午那一块却记录着安吉洛在法纳拉跟一个叫卡鲁阿纳的医生有约。

就在他再次想要打开左边抽屉时，电话又响了。蒙塔巴诺都有些怀疑，这个抽屉和电话之间是不是存在着某种联系。

"你好！"他说，还是捏着鼻子，故意拉长音。

"是安吉洛·帕尔多医生吗？"

这次是一个女人的声音，五十岁左右，听上去很严厉。

"是的，是我。"

"你的嗓音听起来怪怪的。"

"感冒了。"

"哦，我是法纳拉的卡鲁阿纳医生的护士。医生昨天上午等了你很久，可你竟然都没有通知我们你不来了，这太失礼了吧？"

"请替我向卡鲁阿纳医生道歉，但是这感冒……我一会儿再打给你——"

他突然停了下来。他是不是扯得太远了？他是在假扮死人，怎么可能再打回去呢?

"喂?"护士问道。

"我会尽快回电的。祝您过得愉快!"

他把电话挂断了。蒙塔巴诺第一次在电话里用完全不同的语调和别人通话,而且他对自己扮演的角色素不相识。他突然觉得很有意思。但是,他究竟能不能顺利打开这个抽屉呢?他小心翼翼地移动着他的手,极力让它远离电话的视线范围。

这一次,他成功了。

同样,这间抽屉里也塞满了文件,但都是些日常生活的单据:租赁票据、天然气发票、电话费单据、维修单等。但是,就像坎塔雷拉说的,没有一张是与安吉洛这个人有关的。或许他把和自己有直接关系的文件和物品都放在了中间那个抽屉里。

他合上左边抽屉,此时电话又响了。或许是电话意识到了它被他的把戏欺骗了,于是要进行报复,虽然晚了一点。

"喂?"

他再一次捏着鼻子说话。

"你究竟是怎么了,傻叉?"

这次是一个男人,四十岁左右,显然很生气。他刚要回答,对方却继续说了起来:

"等一下,我要先接另一个电话。"

蒙塔巴诺竖起耳朵想听听那个男人在说些什么,但是只能听见一些模糊、困惑的低语。随后,两个字清晰又大声地传了过来:

"见鬼!"

接着，另一端挂断了电话。什么意思？卑鄙小人和傻叉。第三个打电话过来的人会怎样给安吉洛定性，我们只能去揣测了。就在这时，前门旁边的对讲机响了，警长走过去，打开楼下的大门。法齐奥和坎塔雷拉到了。

"啊……警长，警长！法齐奥跟我说您找我，您需要我！"

得知自己竟然有幸参与案件调查，而且还是由警长亲自点将，坎塔雷拉激动得浑身冒汗。

"你俩，跟我来！"

他带着他俩进了书房。

"你，坎塔雷拉，拿上桌上的那个笔记本电脑，让我看看你能从里面得出些什么。但是不要在这儿弄，带上笔记本去客厅弄。"

"警长，我能带上打印机吗？"

"你需要什么就拿什么。"

坎塔雷拉走后，蒙塔巴诺告诉了法齐奥这里发生的一切。从他把米凯拉单独留在安吉洛家这件蠢事说起，一直到埃琳娜·斯克拉法尼告诉他的情况。他还告诉了法齐奥关于电话的事情。法齐奥听完后站在原地沉思着。

"您再给我说一下第二个男人打来电话的情况。"过了一会儿，法齐奥开口说道。

蒙塔巴诺又描述了一遍。

"我来说说我的设想，"法齐奥说，"假设打第二个打来电话的男人名叫贾科莫。这个贾科莫并不知道安吉洛已经被杀了，他打给安吉洛，并且知道安吉洛接了电话。贾科莫之所以会生气是因为他已经好几天都没联系上安吉洛了。当他想和安吉洛谈谈时，他告诉安吉洛不要挂断电话，因为此时有另一个人打了进来。对吗？"

"对。"

"他接了另一通电话，第三个人和他说了一些事情，不仅让他觉得很糟心，还让他中止了与你这个安吉洛的对话。可问题是，第三个人究竟和他说了什么？"

"安吉洛被杀的事情。"蒙塔巴诺说。

"我也是这么想的。"

"听着，法齐奥，现在记者知道这桩谋杀案了吗？"

"呃，有些消息已经泄露了。但是，咱们接着说。当贾科莫发现他在和一个假的安吉洛通话时，他就立刻挂断了电话。"

"可问题是，他为什么挂断了电话？"蒙塔巴诺问，"这是第一种假设：我们假设贾科莫没什么好隐瞒的，他和安吉洛只是普通朋友，两人晚上一起去喝酒、吃饭、撩妹，什么事也没犯。当他以为在和安吉洛通话时，有人告诉他安吉洛被杀了。这个时候，一个真正的朋友是不会挂断电话的，他会问假的安吉洛是什么身份，为什么要假扮安吉洛。所以我们需要第二种假设：贾科莫一知道安吉洛死了，就骂了一句'见鬼'，然后愤然地挂断了电话，是因为他害怕继续通话会暴露他自己。所以他们之间的友情并不纯真，而是有些不光彩之处。我认为第一通电话同样很可疑。"

"我们该怎么办？"

"我们要先查明这些电话是从哪里打来的。如果你能得到警局的授权，去电话局查一查。我不敢保证一定行，但是值得一试。"

"我立马就去查。"

"等等，还有事儿。我们要查明有关安吉洛·帕尔多的一切。根据埃琳娜·斯克拉法尼所提供的信息，安吉洛好像被医学协会或其他什么组织开除过。这可不像是胡说的。"

"好的，我看看我能做些什么。"

"等一下，何必这么匆忙呢？我还想知道埃米利奥·斯克拉法尼，那个在蒙特鲁萨教希腊语的人的事，全部。你可以在电话簿里找到他家地址。"

"好的。"法齐奥说，却没有要离开的迹象。

"另一件事。安吉洛的钱包呢？"

"安吉洛把钱包放在他牛仔裤后面的口袋里了。犯罪实验室的人找到了它。"

"他们有没有发现其他东西？"

"有，警长。他们在桌子上还找到了一串钥匙和一部手机。"

"今晚之前，我要拿到这些钥匙、手机以及钱包。"

"好的。我现在能走了吗？"

"还不行。你现在试着把安吉洛·帕尔多桌子的中间抽屉打开。它被锁上了。但是你必须要先把它打开，然后再把它锁上，要让它看上去没被人动过。"

"很快就好。"

"你今天什么时候弄好都行。"

就在法齐奥摆弄抽屉时，蒙塔巴诺走进了客厅。坎塔雷拉已经打开电脑忙开了。

"警长，这真的很难。"

"为什么？"

"因为它设置了密码。"

蒙塔巴诺迷惑了。什么？笔记本现在能自己说出来吗？"坎塔雷拉，你究竟在说什么？"

"有人不想让其他人看自己的电脑，就设置了一个密码。"

蒙塔巴诺明白了。

"你说的是一个口令？"

"您没明白？没有密码就开不了电脑。"

"所以我们被耍了？"

"不全是，警长。他想要得到一些信息，比如电脑所有者的名字、出生日期、他的情妇或女朋友或他爸妈、兄弟姐妹的名字，如果你知道他儿子或女儿的名字——"

"好了，午饭后我会告诉你一切信息。你先把笔记本电脑带回局里。你要把这些信息给？"

"我要把信息给谁，警长？"

"坎塔雷拉，你自己说的，'他想要'，'他'是谁？"

"他就是我，警长。"

此时，法齐奥从书房里出来叫他过去。

5

"警长，太幸运了！我有把钥匙能开桌子中间那个抽屉！我敢说，除了我之外，没人能打开它！"

中间那个抽屉中，所有东西都摆放得井井有条。

里面有一本护照，蒙塔巴诺把里面的信息一一记录下来，交给坎塔雷拉；有一份合同，里面规定了产品销售利润分成；有两份法律文件，里面记录了米凯拉和她妈妈的姓名以及出生日期，原来死者的母亲姓阿孙塔。同样，为了方便坎塔雷拉调查，蒙塔巴诺把这些都记了下来。有一张被对折了两次的医学文凭，打开后可知，该文凭是十六年前颁发的。还有一封十年前从医学协会寄出的信，信上的内容是告知安吉洛他被除名了，但是信中并未说明原因和经过。有一个信封，里面装着五十张纸币，总价值为一千欧元。有两本迷你相册，一本里面是安吉洛去印度旅行的照片，另一本是他去俄罗斯旅行的照片。还有很多死者母亲寄给死者的信，大多说的是她和米凯拉的生活状况以及一些其他的琐事，全是私事，都对于蒙塔巴诺来说毫无用处。抽屉里还有一份年代很久远的通知，内容是死者母亲家中那把原本属于死者父亲的手枪可以恢复使用。但是，蒙塔巴诺并没有发现手枪的踪迹，有可能安吉洛在这之前已经把它丢了。

"死者难道没有银行账户吗？"法齐奥问，"怎么可能在任何地方都找不到他的支票簿？旧的、用过的都没有，我甚至都找不到他的银行对账单！"

蒙塔巴诺也在考虑同样的问题，因此他无法回答法齐奥的问题。

还有件事让蒙塔巴诺感到十分困惑，同样也让法齐奥深感不解。他们发现了一本折了很多书角的小册子，名叫《最美意大利歌曲》。虽然客厅里有电视机，但是找不到任何唱片、CD、CD机，甚至连收音机都没有。

"露台上那间屋子呢？你在那里看到过唱片、耳机或者音响吗？"

"什么也没有，警长。"

为什么会有人在抽屉里锁着歌词本呢？更奇怪的是，这本歌词似乎经常被翻阅；掉落的两页被人小心地用透明胶带粘在原先的位置。此外，小册子的边缘还标明了页码。蒙塔巴诺研究了一下，没用多久就明白了安吉洛匆忙记下的歌词韵律。

"你可以把抽屉合上了。对了，你是不是说过你在死者楼上的屋子里发现了一串钥匙？"

"是的。鉴定人员拿着。"

"我再说一遍：我今天下午就想拿到死者的钱包、手机以及所有钥匙。你在干什么？！"

法齐奥并没有去合上抽屉，然后锁上它，而是把抽屉里的东西都拿了出来，按它们在抽屉中的顺序将其整齐地摆在了桌子上。

"等一下，警长。我想再检查一下其他东西。"

在抽屉被完全清空后，法齐奥把它从滑轨上抽出来，然后把它翻了过来。两条透明胶带交叉成 X 形将一把镀铬的、小型锯齿状的钥匙粘了抽屉底部。

"干得漂亮！法齐奥！"

警长把钥匙从抽屉底部取下来后，法齐奥先把一切物品都按照原先的顺序放回抽屉，然后用自己的钥匙锁上抽屉，最后把钥匙装回了口袋。

"依我看，这把钥匙说不定能打开某处的小型墙壁保险箱。"警长猜测道。

"我也这么认为。"法齐奥说。

"你知道这意味着什么吗？"

"意味着我们得开始认真工作了。"法齐奥说完，脱掉了夹克，然后撸起了袖子。

※

他们花了整整两个小时才把死者屋内的油画、镜子、家具、地毯、药物以及书籍搬完。蒙塔巴诺做了一个精辟的总结：

"这里的东西连个屁用都没有。"

他们一屁股坐在客厅里的沙发上，筋疲力尽，大汗淋漓。两人转过头对望，同时想到了同一件事。

"楼上的房间。"

他们爬上螺旋形楼梯。蒙塔巴诺打开了玻璃门，然后两人走上顶楼的露台。小屋的门并没有安装门铰链，只是倚靠在门框上。门上贴了一张禁令：禁止入内。禁令具有法律效力。法齐奥把门放到一旁，然后他们一起走了进去。

他们再次受到了幸运之神的眷顾。首先，房间很小，因此他们不必拼了老命搬走太多家具。其次，桌子没有抽屉，这也就意味着他们不用浪费很多时间。但结果与他们在楼下公寓里得出的一模一样。警长总结的那句话虽略显粗俗，但一针见血。唯一不同的是他们现在满头大汗，因为此时太阳正强烈地照射进小屋。

"这会不会是银行保险箱的钥匙？"回到楼下公寓时，法齐奥试探着问道。

"我觉得可能不是。一般那种钥匙上会贴着或者印着编号，以便银行的人辨认。这把钥匙上什么也没有，看不出来是谁的。"

"那我们接下来要做什么？"

"享用美味的食物。"蒙塔巴诺说，像是一句蹩脚的诗。

※

酒足饭饱过后，蒙塔巴诺一边慢悠悠地散散步、消消食儿，一边苦思冥想，一步一步地，从灯塔往回走，最后溜达着回到了他的办公室。

"警长，他要的资料你带回来了吗？"蒙塔巴诺刚走进警局，坎塔雷拉就迫不及待地询问道。

"当然，给他吧。"

坎塔雷拉这名字读起来太费劲，所以就说了个"他"。

警长坐了下来，掏出法齐奥发现的那把钥匙，把它放在桌子上，开始盯着它细细端详，仿佛要催眠这钥匙。但是事与愿违，很快他就反被这钥匙给催眠了。实际上，不出片刻，他就被铺天盖地的睡意打败了，疲乏地闭上了眼睛。等他睡醒，站起身走到卫生间洗了把脸时，突然脑中灵光一现，随后把加鲁佐叫到了办公室。

"喂，你知道奥拉齐奥·真科住在哪儿吗？"

"那个强盗？我当然知道他住在哪儿。为了抓他，我可是去过他家两次呢！"

"我希望你去他家看看他，问问他现在做什么，顺便，替我问候一下他。你知道他已经卧床整整一年了吗？看到他现在这个样子，我很难过。"

加鲁佐并不惊讶。他一直都知道警长和这个老贼惺惺相惜。在旁人看来，他们两人已经是朋友了。

"我仅仅是去替你问好？"

"不全是。你到他家后，把这把钥匙拿给他看。"蒙塔巴诺拿出钥匙，将它交给了加鲁佐。"一定要让他说出这是把什么钥匙，以及他认为这把钥匙是用来干什么的。"

"啊？！"加鲁佐疑惑着说道，"这可是把现代化钥匙。"

"所以呢？"

"奥拉齐奥已经老了，再说了，他已经很多年不干这行了。"

"不用担心。我了解他，他可是时刻紧跟潮流。"

※

当蒙塔巴诺再次困意渐浓时，法齐奥手里提着塑料袋突然出现在他眼前。

"你刚去购物了？"

"不是的，警长。我去了一趟蒙特鲁萨，从鉴定人员那里拿来了你想要的东西。都在这儿了。"

他把袋子放到桌上。

"对了，我还给电信公司打了电话，顺利得到了授权。他们现在正努力追查那些电话的来源。"

"安吉洛·帕尔多和埃米利奥·斯克拉法尼的资料呢？"

"对不起，警长，我不是上帝。我只能一次做一件事情。我现在要出去巡视，看看还能有什么发现。哦，对了，还有一件事。三。"

他竖起了右手的拇指、食指以及中指。

蒙塔巴诺一头雾水，不解地望着他。

"你是信卡巴拉还是什么？这个'三'是什么意思？你在搞什么鬼？"

"警长，你还记得那个因嗑药过量而死亡的孩子吗？还记得我跟你说过，工程师法苏洛也是死于吸毒，尽管所有人都认为他是因心脏病突发而亡？"

"嗯，我记得。那么谁是第三例？"

"尼科特拉参议员。"

蒙塔巴诺吃惊地张大了嘴巴。

"你在开玩笑吧？"

"没有，警长。很多人都知道参议员吸毒。他以前就时不时会把自己关在别墅里，给自己来个三天'毒行'。只不过这一次，他忘记了'买回程票'。"

"消息可靠吗？"

"千真万确啊，警长。"

"你觉得怎么样？那家伙就是满嘴仁义道德！告诉我一些事：当你去那个孩子的家时，你有没有发现注射器、橡皮软管一类的东西？"

"嗯，发现了。"

"尼科特拉家一定也是这样，有些事情被掩盖了，但我还没有想明白究竟是什么。我理解不了这些事情。但不管怎样，我还是希望他能安息。"

刚要离开，法齐奥就在门口遇见了米米·奥杰洛。

"米米！"蒙塔巴诺大声说道，"真是惊喜啊！欢迎欢迎！"

"别管我，萨尔沃，我已经整整两天没有合眼了。"

"小家伙病了？"

"不，不过他一直哭。无缘无故的。"

"那只是你认为。"

"但医生们——"

"别管那些医生了。很显然，这个小家伙不同意你和贝巴不经过他的同意就生下他，把他带到这个世界上。想想这个世界是什么样的吧。我是不忍心责怪他。"

"喂，别开玩笑，行吗？我来这里只是要告诉你，五分钟前局长给我打了电话。"

"我会在意你这'可爱'的电话？你现在可是和博内蒂·阿

德里奇串通一气，就像手和手套一样，只是分不清你俩谁是手，谁是手套！"

"你脑子进水了吗？我现在能说话了吗？局长跟我说，明天上午十一点左右，利果里队长要到这儿，要来警局！"

蒙塔巴诺眼前一黑。

"是缉毒队的那个混蛋？"

"是缉毒队的那个混蛋。"

"他来干吗？"

"我不知道。"

"我连他的影子都不想见。"

"这就对了，这就是为什么我来告诉你这件事。你，明天，从十一点开始，不要在警局出现。我自会和他解释的。"

"谢谢！替我向贝巴问好。"

他给米凯拉·帕尔多打了个电话。他想要见她，不仅仅是想问她些问题，还想搞清楚她从死者家里拿走了什么，以及她拿走那些东西的原因。他心里始终放不下他竟然让她睡在死者家这件蠢事。

"你今天上午和托马塞奥检察官谈得怎么样？"他问米凯拉。

"我在前厅等了他半个小时，然后就有人通知我会面推迟到明天了，还是相同的时间。非常感谢您给我打电话，警长，我正打算打给您呢。"

"打给我做什么？"

"我想问一下，你们什么时候能把安吉洛的遗体还给我们？

要举办葬礼了。"

"说实话，我也不知道。不过我会帮你问清楚的。你能到警局来一下吗？"

"蒙塔巴诺警长，我之前觉得还是把安吉洛的死讯告诉妈妈比较好，所以我跟她说安吉洛死于车祸。但是，她的反应很激动、很暴躁，我不得不叫来了家庭医生给她打了些镇静剂。现在她睡着了，我不能把她单独留在家里。您能不能来我家？"

"可以，什么时候？"

"什么时候都可以。我一直都在家。"

"今晚七点左右我去你家找你吧。你家在哪儿？"

大概一个小时后，加鲁佐回来了。

"奥拉齐奥怎么样了？"

"病得很重，警长。他等着您去见他呢。"

他从口袋里拿出钥匙，还给了警长。

"奥拉齐奥说，这是一台手提艾克赛特牌保险箱的钥匙。保险箱的长宽高大概各是 45、30、25 厘米。他说如果没有钥匙的话，连反坦克地雷都炸不开。"

他和法齐奥之前在死者的公寓以及露台上那间小屋里搜过，墙上都没有保险箱。他们本来应该在那里看到这么大的保险箱的。这就意味着，有人已经把它拿走了。但是那些人没有钥匙，就算拿到保险箱又有什么用呢？难不成有备用钥匙？米凯拉真的对此事一无所知吗？现在看来，越来越有必要和这个女人谈谈了。想到他向米凯拉保证过，他会帮忙问什么时候归还安吉洛的遗体，所以他给帕斯夸诺医生打了个电话。

"您好，医生，我打扰到您了吗？"

想和帕斯夸诺套近乎得十分小心，他的脾气可是差得很，极易冲动。

"你当然已经打扰到我了。实际上，更准确地说，你简直是在折磨我，现在电话上到处都是我的血。"

如果是不熟悉帕斯夸诺医生的人，他现在肯定会连连道歉，然后尴尬地挂断电话。但是蒙塔巴诺和医生相识已久，他深知有时候"火上浇油"会更好些。

"医生，你好不好关我屁事？"

"你打来干吗？"

"我到底有没有打扰你？"

这招很有效。帕斯夸诺哈哈大笑起来，肚子上的肉一颤一颤的。

"你想干吗？"

"安吉洛·帕尔多的家人想知道她们什么时候能把尸体领回去举办葬礼？"

"五。"

医生和法齐奥都怎么了？他们怎么都变成阿波罗神殿的祭司了？他们为什么总是在说数字？

"什么意思？"

"我告诉你吧。'五'的意思是，在我解剖安吉洛·帕尔多之前，还有五具尸体要验。所以说，他的家人想要举办葬礼的话，那可得等等了。你告诉他们，他们亲爱的安吉洛在冰柜里装着呢，不会遭罪的。哦，对了，我之前在电话里和你说的那些，很抱歉，我错了。"

老天爷！和这种人交谈真需要耐性！

"哪里错了，医生？"

"关于死者被害前是否有过性行为，我恐怕要让托马塞奥检察官失望了，他可是期望案情能快速进展呢。"

"所以你确实验过尸了？"

"没认真验，只验了我感兴趣的部分。"

"但是为什么……"

"为什么生殖器暴露在外，是吗？"

"是的。"

"呃，有可能是他出去到露台上的某个角落里撒尿，还没来得及将他的'弟弟'塞回去就中枪了。又或许是他正享受着独处，他们来了后殴打他，让他自慰，并开枪打死了他。不过，这些都不关我的事。倒是你，我亲爱的警长，由你负责这个案子，不是吗？"

他连再见都没说就挂断了电话。

所以，细想一下，埃琳娜不相信安吉洛在等她的同时还约了别的女人，她是对的。但是，医生的假设也不一定站得住脚。

在之前的洗衣房里，也就是那间露台小屋里并没有卫生间，只有一个水槽。

自慰的设想也同样站不住脚。

在这两种情形中，很奇怪的一点是安吉洛都没来得及将他的"弟弟"放回裤裆里。不，一定还有其他的解释，绝不会像帕斯夸诺猜测的那样简单。

米米·奥杰洛站在门口。

"你来做什么？"

他的黑眼圈比以往他流连花丛中时要重得多。

"七。"米米说。

蒙塔巴诺快要疯掉了。他从椅子上跳起来，脸涨得通红，尽可能大声地吼着，声音响得连远处码头上的人都能听到。

"十八、二十四、三十六！还有七十！"

奥杰洛害怕了，很快整个警局都混乱了起来，关门声、跑步声不绝于耳。不一会儿，加鲁佐、加洛、坎塔雷拉都出现了。

"怎么了？"

"发生什么了？"

"出什么事了？"

"没事，没事，"蒙塔巴诺说着，重新坐了回去，"各回各的办公室去吧。我刚才有些神经质，仅此而已，回去吧。"

这三人回去了，但米米仍在原地呆呆地瞪着他。

"你怎么了？你那些奇怪的数字是什么意思？"

"呵，这么说来，倒是我说奇怪的数字了？我吗？不是你先进来，然后说了个'七'吗？"

"这是什么大罪吗？"

"没关系！你到底想和我说什么？"

"自从知道利果里明天要来，我就去调查了一下，你知道过去十天内省内因毒品死亡的人有多少吗？"

"七个。"蒙塔巴诺说。

"对的。你怎么知道的？"

"你自己告诉我的，米米。忘掉这种钟楼式对话吧。"

"什么钟楼？"

"没什么，米米。你别问了，否则我又要开始神经质了。"

"你知道人们是怎样议论尼科特拉参议员的死吗？"

"和其他六人一样，死于吸食毒品。"

"这也就解释了为什么蒙特鲁萨的缉毒队要继续追查。对此，你有什么想法吗？"

"不，我没什么想说的。"

米米离开后，电话响了。

"蒙塔巴诺警长吗？我是拉特斯。一切都还好吗？"

"还行吧，博士。"

"孩子们呢？"

他到底在说些什么？什么孩子们？他以为他有几个孩子？而且竟然问孩子们怎么样，这是什么情况？

"他们正茁壮成长呢，博士。"

"很好，很好。我打电话来是想告诉你，明天下午五点到六点之间，局长想和你见面谈谈。"

"我一定到。"

是时候去见米凯拉了。

经过坎塔雷拉的办公间时，他看见坎塔雷拉正在埋头研究安吉洛·帕尔多的电脑。

"进展如何啊，坎塔雷拉？"

坎塔雷拉一下子跳了起来。

"啊，警长，警长！我们想得太简单了。密码套密码，根本打不开。这太难了！"

"你做不到吗？"

"警长，就算我不眠不休，我也只能搞定第一个密码。"

"坎塔雷拉，你为什么说'第一个'？"

"因为，警长，这电脑笔记本有三个文件设了密码。"

"恕我直言，如果你可以用十个小时破解第一个文件的密码，难道你还不能花三十个小时把三个文件的密码都破解了？"

"当然可以，警长。"

"祝你好运！对了，如果你破解了第一个密码，无论何时，都别忘了给我打个电话。"

6

他驱车离开了。但是，就在开到一百迈时，他猛一拍额头，爆了句粗口，来了个 U 形转弯。跟在他身后的三个车主开始破口大骂，内容无非是：

一、他就是个十足的混蛋；

二、他妈就是个浪荡的女人；

三、他的姐妹比他妈更下贱。

回到警局时，他悄无声息地走过坎塔雷拉身旁。坎塔雷拉那时正在全神贯注地破解电脑里的密码。黑帮完全可以不发一枪就大摇大摆地进来。

回到办公室后，他打开了法齐奥拿回来的袋子，取出安吉洛的钥匙。他猛然发现，其中有一把钥匙像极了他口袋里能打开保险箱的那一把。通常，这类保险器材只有两把钥匙。换言之，他们在安吉洛家抽屉下面发现的那一把是安吉洛藏起来的备用钥匙。

所以，他肯定是误会了米凯拉。不可能是她拿走了保险箱。因为她压根儿就没办法打开它。

或许保险箱就没有从安吉洛家消失过，因为他之前从没把它放在家里，而是藏在了别的地方。

那会是哪里呢？

蒙塔巴诺又拍了下脑门。他在查这桩案子上简直就像个老年痴呆患者，连最基本的常识都忘了。安吉洛生前是医药代表，他在全省到处出差，不是吗？那么，他肯定有车，也一定会有车库，他怎么没有早点想到呢？

他把整个袋子的东西都倒在了桌子上。手机、钱包、车钥匙。证明完毕：他确实是老年痴呆了。

他把所有东西重新放回袋子里，然后拿着走了出去。同样，这一次坎塔雷拉还是没有注意到他。

※

米凯拉身穿一件宽松的、随性的晨袍，一个大大的、松松的结扣系在腰间，使得晨袍看上去活像狱袍。她的脚上穿着一双拖鞋。此刻，她那如同汪洋大海般危险的眉眼低垂着，哦，她究竟犯了什么罪过，要让她以这般方式藏起它？

她带他进了客厅。米凯拉家中的家具虽然老旧却制作精良，一看便知道是家传之物。

"不好意思，我竟然穿成这样就接待你了，但是我不得不照顾我妈妈……"

"没关系的。你妈妈怎么样了？"

"正睡着呢，多亏打了镇静剂。医生说，这是最好的办法了。但是，她睡得很不踏实，时不时会低吟几声，好像在做噩梦。"

"我很抱歉。"蒙塔巴诺说，在这种情况下，任谁都不知道该说些什么话，只能说句抱歉。

她突然提出了个问题。直截了当，毫不含糊。

"您在我哥哥家找到什么东西了吗？"

"你指的是？"

"可以帮助你找出凶手的任何东西。"

"抱歉，还没有。"

"您还答应过我一件事。"

蒙塔巴诺立即明白了。

"我给蒙特鲁萨打过电话了。他们至少还需要三天才能归还尸体。但是，别担心，一有消息我会随时通知你的。"

"谢谢！"

"你刚才问我在你哥哥家有没有发现什么有价值的东西，而我的回答是没有。但我还想告诉你，我们甚至没有发现原本应该在你哥哥家的东西。"

他抛出了诱饵，但是她并没有上钩。她只是站在那里，表现出有点震惊的样子。这也可以理解。

"比如？"她问。

"你哥哥收入不错吧？"

"确实不错。但是，您不要想多了，警长。确切地说，这够他自己还有我们生活了。"

"他把钱都放在哪儿了？"

米凯拉抬起头看着他——谢天谢地，她只看了一小会儿——显然，她被蒙塔巴诺的问题惊着了。

"他把钱都存在银行里了。"

"好，那么你如何解释为什么警方在你哥哥家没有发现任何支票簿、银行对账单？他家里为什么没有一点与银行有关的东西？"

出乎意料地，米凯拉笑了，站了起来。

"我很快就回来。"她说。

回来时，米凯拉手里拿着一个大的公文包，然后她把它放在了咖啡桌上。她打开公文包，取出了西西里岛银行的支票簿，找了一会儿又抽出了一张纸，然后将支票簿和纸一起递给了蒙塔巴诺。

"安吉洛在这家银行有账户，这是最近的银行账单。"

蒙塔巴诺看了一眼贷方栏的数字：91000 欧元。

他把支票簿和账单交还给米凯拉，随后米凯拉就又把它们放回了公文包。

"这些钱并不都是安吉洛的收入。里面有五万欧元是我的，是一个很喜欢我的叔叔留给我的遗产。你看到了，我和我哥哥的钱放在一起。事实上，银行账户的户名也是我们两人的名字。"

"你为什么保管着所有这些？"

"嗯，这是因为安吉洛经常出差，一些银行存款到期时没法及时办理，所以由我来处理这些事，等他回来后把收据给他就行了。你在他家没看到那些收据吗？"

"嗯，看到了。他的公寓带有车库吗？或者露台上还有其他什么房间吗？"

"当然。那栋楼后面有三间车库。安吉洛的车库是左边第一间。"

看吧，亲爱的蒙塔巴诺，你确实老年痴呆了。

"为什么你说安吉洛因为出差不能及时去银行办理业务？他的工作不都是些只在省内的短途行程吗？"

"并不都是这样的。他至少每三个月会出一次国。"

"他会去哪儿？"

"这我不知道，德国、瑞士、法国……都是些有大型制药企业的国家。这些国家的企业会通知他让他过去。"

"知道了。他会在国外待很久吗？"

"分情况。三天到一周不等。但是一般不会超过一周。"

"在你哥哥的钥匙里，我们警方发现了一把与众不同的钥匙。"

他从口袋里掏出了那把钥匙，递给了米凯拉。

"你认识这把钥匙吗？"

米凯拉端详了一会儿，眼里充满了困惑。

"很抱歉，我不认识这一把。不过，在他的钥匙里面，我好像见过一把挺像的。"

"你有没有问过他这把钥匙是用在什么东西上的？"

"没有。"

"这是一把手提保险箱的钥匙。"

"真的吗？"

她看向他。哦，那双眼睛看起来既明亮又迷人，不掺杂一丝危险。但蒙塔巴诺，你要小心，那眼睛下面隐藏着缠结的海藻，一旦落入水中，你便绝不可能逃脱。

"我不知道安吉洛有保险箱。他从来都没有告诉过我，我在他家也没有看到过它。"

蒙塔巴诺盯着他的左鞋尖好一会儿。

"您发现保险箱了吗？"她追问道。

"没有。我们只找到了钥匙，却没有找到保险箱。你觉得奇怪吗？"

"相当奇怪。"

"这是另一件原本应该在你哥哥家中看到却不见踪影的东西。"

米凯拉表示她明白蒙塔巴诺想说什么。她仰起头，向后靠着。她的脖颈真美，真柔软啊。幸运的是，她半眯着眼望向他。

"您就没想过是我拿走了它？"

"呃，你看，我判断错了。"

"什么？"

"案发第一晚我把你独自留在你哥哥家中。我不该那么做的。因此，你有充分的时间去——"

"拿走一些东西？我为什么要这么做？"

"因为相比我们，你知道更多关于安吉洛的事情。"

"我当然知道得更多！真好笑！我们从小一起长大。我们是亲兄妹啊！"

"所以，你会想要替他掩饰些什么，甚至潜意识下就那样做了。你提到过一点，你哥哥一度决定不再行医。但是，事实并非如此。你哥哥的医生执照早就被吊销了。"

"谁告诉你的？"

"埃琳娜·斯克拉法尼。我今早问过她，在来这儿之前。"

"她告诉您原因了吗？"

"没有。因为她也不知道。安吉洛之前只是含糊地向她提过此事，但是她并不对这件事感兴趣，所以也就没追问更多。"

"呵，可怜的女人！她不对这件事感兴趣，但却急于对此表示怀疑。她妄加抨击，故意把你们的视线引到别处！"

她说这话时语调亢奋，蒙塔巴诺从未见她如此激动过。她的声音尖锐得好像不是由声带发出来的，反而像是两张砂纸用力摩擦发出来的。

"那好，你又为什么不告诉我原因？"

"流产。"

"说得详细点。"

"安吉洛让一个未成年女生怀孕了，更重要的是，这个女生是他的病人。女生的家风刻板严厉，所以她不敢向她的家人提及此事，也不敢向公共机构寻求帮助。秘密流产是唯一的选择。但是，这个女孩回家后突然出血不止，事情也就暴露了。她父亲陪她去医院，知道了整件事情的始末。安吉洛被认定负全责。"

"'安吉洛被认定负全责'是什么意思？在我看来，他负全责再应当不过了！"

"不，他不应该负全部责任。他是请他的同事兼大学时的朋友做的这个手术。一开始那个朋友并不想做，但是经不住安吉洛的百般请求。后来事情暴露后，我哥哥却声称是他做的手术，于是被告上了法庭，执照也被吊销了，被禁止行医。"

"告诉我，这个女孩叫什么。"

"但是，警长，这件事已经过去十年了！据我所知，这个女生已经结婚了，搬离了维加塔……你怎么会想——"

"我并没说我要去询问她。但是，如果有必要的话，我保证，我会尽可能酌情处理。"

"特里萨·卡西亚托雷。她嫁给了一个叫马里奥·夏卡的承包商。他们现在住在巴勒莫，育有一子。"

"斯克拉法尼夫人说，她经常去你哥哥家跟他见面。"

"嗯，确实如此。"

"那你又怎么会和她没有过交集呢？"

"并不是碰巧，是我故意不想见她。我恳求安吉洛告诉我埃琳娜到他家见他的时间。"

"你为什么不想见她？"

"憎恨也罢，厌恶也罢，随你怎么想。"

"但是你只见过她一次啊！"

"一次就够了。更何况，安吉洛总是会谈起她。"

"他都说了什么？"

"就是抱怨她在那种事上并非出于真心，而是贪财。"

"你哥哥付她钱？"

"他会买一些贵重的礼物给她。"

"比如？"

"一枚戒指，一条项链，一辆跑车。"

"埃琳娜对我说，她已经下定决心要离开你哥哥了。"

"别相信这种鬼话！她还没有把他榨干净，又怎么会离开他呢？她总是表现出嫉妒的样子，为了保持与我哥哥的亲密关系。"

"那你也会对宝拉，那个红头发女人，抱有敌意吗？"

她突然从扶手椅里站起身来。

"谁？谁告诉你宝拉的？"

"埃琳娜·斯克拉法尼。"

"那个荡妇！"

她的声音又一次变得像砂纸般粗糙。

"抱歉，但是你骂的是谁？"警长一脸无辜地问道，"是宝拉，还是埃琳娜？"

"埃琳娜，一提起她，我就感到恶心！宝拉她……是个好人，她曾和安吉洛真心相爱。"

"那你哥哥为什么离开了她？"

"和宝拉在一起久了……他就逐渐开始厌倦了，这时他正好遇见了埃琳娜……对安吉洛来说，和埃琳娜在一起既新鲜又有趣，他对埃琳娜完全无法抵抗，即使我……"

"告诉我宝拉的姓氏和住址。"

"警长！难道您想让我提供所有和安吉洛有关的女性的个人信息吗？玛丽亚·马蒂诺的信息您要吗？斯特拉·洛亚科诺的呢？"

"我不要所有这些人的信息。我只要你刚提起过的这几个女人的信息。"

"宝拉·托里西－布兰科住在蒙特鲁萨米兰菲丽街 26 号。她在中学教意大利语。"

"她结婚了吗？"

"没有，但她本可以是我哥哥的理想妻子。"

"很显然，你很了解她。"

"当然，我们是朋友。即使我哥哥和她分手后，我们也经常见面。今天早上我还给她打了电话，告诉她我哥哥被杀了。"

"对了，有没有什么记者联系你？"

"没有。他们发现了？"

"消息已经泄露了。你可以拒绝他们的采访。"

"我会的。"

"告诉我你刚才提到的另外两个女人的地址吧，如果你知道的话。电话也成。"

"我手头并没有她们的联系方式，我得去查一下旧的记事簿。我明天告诉您，可以吗？"

"可以。"

"警长，我能问您一些事吗？"

"问吧。"

"您为什么把调查锁定在安吉洛的女性朋友上？"

"那是因为你和埃琳娜什么有用的都没说，只向我提供了几个女人的名字。哦，不，更确切地说，是和安吉洛上过床的女人的名字。"他想这么回答，但还是忍住了。

"你觉得这不对？"他问道。

"我不知道这对不对，但我觉得肯定有别的原因导致凶手对我哥哥起了杀心。"

"比如？"

"呃……我不知道……也许和他工作上的事有关……也许是

一些眼红的竞争对手……"

关于这一点，警长决定撒个谎，戏弄一下米凯拉。他故意面露尴尬，装作欲言又止的样子。

"至于为什么我们会……呃哼……对'女性作案'的假设如此执着……"

他庆幸自己想到了合适的用词，就连英国警察常用的"呃哼"也从他的喉咙里完美地冒了出来。他继续着自己精湛的表演。

"是因为……呃哼……一个细节……或许我……呃哼……最好还是不要……"

"告诉我，快告诉我！"米凯拉说，仿佛她已经做好了听到最坏消息的打算。

"好吧，仅仅是因为你哥哥在被杀的时候已经和……呃哼……哦，已经和一个女人发生了性关系。"

这简直是个弥天大谎，因为帕斯夸诺已经跟他说了不是这样。但是，他就是想看看，这个说辞会不会产生效果。果然，它奏效了。

米凯拉跳了起来。她的晨袍也因此开了。她赤裸着，没有穿内裤，也没有穿内衣。多么美妙、诱人、紧实的肉体啊！她弓起了背，一瞬间，头发散落在肩头上。她的双臂垂在身体两侧，两个拳头紧紧地握着，气得眼珠都要从眼眶里蹦出来了。所幸的是，它们此刻并没有看着蒙塔巴诺。他斜着眼睛瞥了米凯拉一眼，透过她眼睛的窗户，他仿佛看见了一望无际的大海，八股波涛涌升成峰，随即又崩塌跌落，幻化成泡沫，紧接着再次成形，波浪滔天，又再次砸向海面。蒙塔巴诺开始有点害怕了。他重新忆起了学生时期关于可怕的复仇女神厄里倪厄斯的记忆。随后，他便知道自己肯定是记错了：厄里倪厄斯可是又老又丑。无论怎样，他还是紧紧地握住了椅子的扶手。米凯拉气愤得无法言语，咬牙切齿。

"是她干的！"

砂纸摩擦般的声音转变成了石头摩擦般的声音。

"是埃琳娜杀了他！"

她气得胸脯起伏不定。然后，她突然向后倒了下去，用头撞着扶手椅，一遍又一遍地用力撞着，直到昏厥过去。

看到此情此景，蒙塔巴诺吓得浑身是汗。他赶紧走出客厅，看到有一扇半掩的门，意识到门后是卫生间便走了进去，用水浸湿了一条毛巾，然后重新回到客厅。他在米凯拉身旁蹲了下去，用毛巾帮她擦拭脸庞。现在这已经成为一个习惯了。慢慢地，米凯拉开始清醒过来。她睁开眼睛后做的第一件事就是赶紧拿起晨袍裹住自己裸露的身体。

"感觉好点了吗？"

"嗯。对不起。"

她的恢复能力强得出乎意料。她站了起来。

"我去喝杯水。"

她回来后，再次坐了下来。冷静、冷漠，仿佛她刚才并没有做出什么类似于癫痫病发作、难以自控的可怕暴怒之举。

"你知道周一晚上你哥哥约了埃琳娜见面吗？"

"知道，安吉洛和我说了。"

"埃琳娜说那次见面并没有发生。"

"她是怎么说的？"

"她说她那晚出了门，但是后来突然决定不去了。她想看看自己能不能跟你哥哥一刀两断。就这些。"

"你信了？"

"她有不在场证明，这点我已经证实过了。"

这是另一个弥天大谎，但是他不想在某些记者提起埃琳娜这个名字时，米凯拉再次勃然大怒、情绪失控。

"肯定是假的。"

"你说过安吉洛曾给埃琳娜买过昂贵的礼物？"

"对啊。难道您认为她丈夫拿那点工资能给她买得起她现在开着的跑车？"

"所以，如果确实如你所说，那么埃琳娜杀害你哥哥的动机是什么？"

"警长，是安吉洛想和她结束这段关系。安吉洛再也忍受不了了。她的嫉妒心使得安吉洛备受折磨。安吉洛曾告诉过我，埃琳娜甚至给他写过信，威胁说要杀了他。"

"她给他写过信？"

"据我所知，有两到三封。"

"它们在你手里吗？"

"不在。"

"我们在你哥哥家并没有找到任何埃琳娜写的信。"

"安吉洛肯定把它们扔掉了。"

"我觉得我打扰你已经够久了。"蒙塔巴诺说着，起身准备离开。

　　米凯拉也站了起来。她突然变得很憔悴，手抚前额，好像极度疲劳一般，身体也不由自主地开始微微摇晃。

　　"最后一件事，"警长问道，"你哥哥喜欢流行乐吗？"

　　"他偶尔会听。"

　　"但是他的家里并没有任何播放设备。"

　　"事实上，他并不在家里听歌。"

　　"那他会在哪里听呢？"

　　"他在出差的路上会在车里放音乐，让歌曲陪着他。他有很多音乐光盘。"

7

米凯拉说死者的车库位于左边第一间。车库的金属卷帘门上有两把锁，一把锁在左边，另一把锁在右边。很快，警长就从他随身带着的一串钥匙中找到了适合的钥匙。

他打开了锁，然后把一把小一点的钥匙插入了门旁的墙锁里，转动它，门缓缓地上升了。对于蒙塔巴诺的好奇心来说，这门开得太慢了。门逐渐打开时，蒙塔巴诺走了进去，接着很快找到了灯的开关。荧光灯一开，车库瞬间明亮了起来。车库很宽敞，里面的东西也摆放得井然有序。四下扫视了一番，警长确定车库里没有保险箱，而且也没有能隐藏保险箱的地方。

这是一辆新款奔驰车，一般租车公司才会买，还会配上专业司机。在驾驶座与副驾驶座之间放着十张光盘。仪表板上的储物箱里放着车辆的相关文件以及一些地图。为了以防万一，他还查看了汽车的后备厢。后备厢里干净极了，仅放了备用轮胎、千斤顶和红色三角警示牌。

蒙塔巴诺略带失望地重复着之前复杂的开车库门的过程，只不过恰好相反。走出车库后，他上了车，前往马里内拉。

现在已经是晚上九点一刻了，但是他一点儿都没有感到饥饿。

他脱掉衣服，匆匆套上T恤衫、牛仔裤，赤着脚走出阳台，来到沙滩上。

月光是如此的微弱以至于映衬得房内的灯火格外明亮，好像屋舍不是被灯盏照亮，而是借着屋外粼粼的水光而熠熠生辉。走到海边，蒙塔巴诺在浅滩站了一会儿，任凭海水冲刷着他的双脚，让凉爽从脚心开始蔓延直升头顶。

海平线外，几盏零星的照明灯发出暗光。远处，一个哀伤的女声喊叫了两次：

"斯特凡诺！斯特凡诺！"

一只狗慵慵懒懒地应和着。

静静伫立时，蒙塔巴诺等待着奔腾而来的海浪进入他的大脑，让每一个碎浪把他的思绪冲刷得干干净净。第一波轻柔的海浪来了，像爱抚，哗哗，随后又富有激情地离开，汩汩，埃琳娜·斯克拉法尼的美貌，还有米凯拉·帕尔多饱满的乳房，杨柳般的细腰，弯成拱形的身体以及她诱人的秋水眼眸。一旦男人的原始冲动散去，就只剩下警长蒙塔巴诺了——这是一种抽象功能，当一个人专注于案件且心无旁骛时便不再掺杂任何个人情感。但是，虽然蒙塔巴诺如此告诫自己，他也很清楚自己永远无法完全做到。

回到家里，他打开冰箱。阿德莉娜绝对是个虔诚的素食主义者。冰箱里只有什锦蔬菜和碎茄子做的开胃菜，还有一盘洋蓟菠菜混合菜。

他把桌子搬到阳台上，当洋蓟菠菜正在加热时他狼吞虎咽地吃完了开胃菜。之后他又迫不及待地把热好的洋蓟菠菜消灭得一干二净。酒足饭饱后，他把桌子擦干净，然后取来那个塑料袋，拿出了安吉洛的钱包。他把钱包打开后，倒了过来，手指探入钱包里的不同区域，把里面的东西一一拿了出来。身份证、驾照、纳税人代码、西西里岛银行的信用卡（你不知道自己正在失去冷静吗？你为什么不直接当面检查钱包呢？是为了避免与米凯拉一起时的尴尬吗？）。两张名片，其中一张是贝内德托·马木卡瑞医生的，他是帕尔马的一名外科医生，另一张是瓦伦蒂娜·博尼托的，她是法纳拉的一名助产士。三张邮票，其中两张是标准邮票，还有一张是挂号信邮票。一张埃琳娜身穿露胸泳衣的照片。5张面值50欧元的钞票，共计250欧元。一张汽油收据。

足够了，就到这儿吧。

一切都很明显，再正常不过了。但就是因为太明显、太正常了，才会使一切都显得格外离奇。一个男人被子弹射穿面部而死，他的生殖器竟然裸露在外，不管他用它做了什么。这个疑点还是悬而未决，令人头疼。好吧，就算如今死者生殖器露在外面已经不再让人那么惊讶，还有另一个案子呢。一位令人尊敬、上过杂志封面且后来位居国家高层的国会议员竟然也离奇死亡了。好吧，把这两件事放在一块——名人的死亡与裸露的凶杀——这就让案件扑朔迷离了。

要么让案子更加古怪难解，要么，更好的是，花大力气解决它们。蒙塔巴诺一边思考着这些不断变化的复杂线索，一边把钱包里的东西一一放回原处，但是在拿到那几张钞票时，他突然停了下来。

米凯拉给他看的安吉洛账户里有多少存款？粗略算来有九万欧元，但是其中有五万欧元是米凯拉的钱，也就是说，安吉洛的银行账户里存有四万欧元。按照之前的兑换比率，死者仅有八千万里拉存款，虽然这不是他收入的全部。安吉洛·帕尔多的收入可能还包括制药的分成。米凯拉也曾暗示过，他哥哥的收入足以让他生活得很舒适。但是，安吉洛的收入真的能像米凯拉所说的那样足够给埃琳娜买昂贵的礼物吗？显然不能。如今，去超市买下一周食品所需的费用比以往一个月花得还要多得多。所以，在没有充足钱财的情况下，一个人怎么买得起珠宝和跑车？或许安吉洛将银行存款挥霍掉了？这也就可以解释为什么米凯拉是如此憎恨埃琳娜。或许安吉洛还有其他收入来源，有其他的关联账户？但是，就目前来看，警方还没有任何这方面的线索。米凯拉甚至也一无所知。或者她仅是假装毫不知情呢？

他走进屋，打开了电视，正好赶上自由频道的晚间新闻。他的朋友——新闻记者尼科洛·齐托正在进行报道。第一条新闻是一场交通事故——一辆轿车与一辆卡车相撞，造成四人死亡。随后，他提及了安吉洛被谋杀一案，该案由蒙特鲁萨机动小组的组长负责调查。这就解释了为什么蒙塔巴诺至今还没有受到记者们的烦扰，很显然，可怜的尼科洛对此案知之甚少，或者一无所知，只能把他知道的事情简单陈述几句，然后赶紧继续播报下一条新闻。这样就更好了。

蒙塔巴诺关掉电视后给利维娅打了个电话，进行每天的晚安问候。这次，他们并没有发生争吵，全程都在隔着电话卿卿我我，然后他挂掉了电话，上床睡觉。没有其他电话的打扰，他很快就平静了下来，如同婴儿般沉沉地进入了梦乡。

但是，深夜两点，这个"巨婴"突然醒了。与醒来便大哭大闹的婴儿不一样，蒙塔巴诺醒来后开始思考。

他的思绪回到了他走进车库的那一刻。他确信自己忽略了某一细节，这个细节在当时并不重要，但是现在他却觉得重要，非常重要。

他在头脑中努力回忆着从进入车库到离开车库他所做的每一件事，但还是一无所获。

我明天还得再去那里一趟，他告诉自己。

随后，他翻了个身，继续睡觉。

但是，还不到十五分钟，他就胡乱穿上衣服，钻进车里，开往安吉洛·帕尔多的家，一路上像个疯子般骂骂咧咧。

这栋三层楼的建筑里实际上只能算有一层租客。因为有两层楼的租客整天都悄无声息，像是死了一般。蒙塔巴诺只能靠想象来构想这些人在凌晨三点左右是什么状态。无论如何，他都尽量放轻动作，尽量不发出任何噪音。

打开车库里的灯后，他开始检查车库里的一切。空油罐、老机油罐、钳子、螺旋钳，他认真地观察着，像放大镜一般不放过任何蛛丝马迹。但是，他并没有发现任何值得研究的东西。一个空油罐孤零零地掉在地上，散发出刺鼻的汽油味。

然后他开始检查这辆奔驰车。汽车仪表板的地图上没有标示任何显著的路线，汽车的相关文件也摆放得井然有序。他压低遮阳板，一张一张地检查 CD，然后把手伸进汽车一侧的袋子，拿出了一个烟灰缸，之后打开汽车的引擎罩，里面只有一台发动机。他绕到车子后面，打开后备厢，看到了备用轮胎、千斤顶、红色警示牌。他关上了后备厢。

突然，他如同被一股极其轻微的电流电到一般，再次打开了后备厢。他之前忽略的细节就在这里。一个极小的三角形纸从橡胶铺垫下伸出来。他弯下身子，以看得清楚些：它应当是一个布纹信封的一角。他用两根手指把它夹了出来，上面写着安吉洛·帕尔多先生的姓名和地址。信封里有三封信，都是写给安吉洛·帕尔多的。蒙塔巴诺抽出第一封信，看了下署名，是埃琳娜。他把信重新塞回信封，关上车门，然后关掉车库的灯，拉下金属卷帘门，手里拿着这个布纹信封，打算回到离车库几码远的自己的车里。

"站住！小偷！"一个声音从天而降，大声叫嚷着。

他停了下来，抬头看了看。顶楼有一户人家的窗户打开了，逆着光线，蒙塔巴诺才看清楚是"维克多·埃马纽埃尔三世"正拿猎枪瞄准着他。

大半夜的，他要隔着两层楼和一个胡言乱语的疯子争执些什么呢？除了把那个家伙狠狠揍一顿，也没什么可做的了。蒙塔巴诺转过身继续往前走。

"站住，要不然我就开枪了！"

蒙塔巴诺没理会他继续往前走。他的"国王"开枪了。众所周知，萨伏伊王室最后的子嗣们以乱开枪臭名昭著。幸运的是，"维克多·埃马纽埃尔三世"的枪法不太好。警长赶紧钻进车中，发动引擎，驱车离开了。随着第二枪落在了三十码之外的地方，蒙塔巴诺加快了速度，车轮在地面上的摩擦声比美国警匪电影里的还要刺耳。

他一回到家，就开始阅读埃琳娜写给安吉洛的信。三封信都是分成两部分，内容差不多。

第一部分都是激情澎湃的性爱描写。显然，埃琳娜是在一次大汗淋漓的做爱后写下的，细节丰满得很：他们都怎么做的，还有她在安吉洛无数次的"双陆棋"后高潮了多少次。

蒙塔巴诺停了下来，感到很困惑。根据他自己的经验跟以往读过的性学经典，他也不懂"双陆棋"是什么含义。可能是他俩的私密情话吧。

此外，第二部分则是完全不同的语气语调。埃琳娜想象着安吉洛在全省各县镇短期出差期间广交女友，就像水手们在每个码头都有不同的女人一样。这让她嫉妒得发狂。因此，她警告他：如果她证实安吉洛出轨，她就会杀了他。

实际上，在第一封信中，埃琳娜承认她开车跟踪安吉洛去了法纳拉。然后她质问他：为什么他在利贝塔街 82 号停留了一个半小时？难不成只是为了确认那儿既不是药店也不是医生的办公地点？是不是他的另一个情妇住在那儿？无论如何，安吉洛都应当牢牢记住：任何出轨都有可能招致杀身之祸。

读完信后，蒙塔巴诺彻底迷惑了。确实，这些信证明米凯拉说的是真的，但是这些信的内容和他之前看到的埃琳娜的所作所为并不相符。这些信像是出自完全不同的一个人之手。

况且，为什么安吉洛要把这些信藏在后备厢的橡胶铺垫下面？

他是不是不想让他妹妹看到这些信？或许他是因为这些信的第一部分内容感到难为情？因为这部分内容透露了他与埃琳娜床笫之间的情趣。这就可以解释了。但如果埃琳娜真的如此贪恋钱财的话，那么杀掉一个能送她昂贵礼物的人（如果只停留在送礼物这层面的话）对她来说是毫无益处的。

他得不出答案，于是又拿起了电话。

"喂，利维娅？是我，萨尔沃。我想问你一些事。在你看来，一个女人仅仅因为嫉妒就杀掉能送她昂贵礼物的情人，这件事是否合理？换成是你，你会怎么做？"

电话另一头是长时间的沉默。

"喂，利维娅？"

"我不知道我会不会因为嫉妒而杀人，但我知道，如果他敢在凌晨五点吵醒我，我就会杀了他。"利维娅说道。

然后，她挂断了电话。

※

他上班迟到了一会儿。早上，他的脑海里始终萦绕着一个念头，按理来说，他应该把埃琳娜的情况上报给托马塞奥检察官，可是他并不想这么做，所以他辗转反侧，直到六点左右才睡着。

一看到他的脸，整个警察局都知道今天不会过得很愉快。

办公室里，有人坐在坎塔雷拉的位置上。他叫米尼迪，一个卡拉布雷塞人。

"坎塔雷拉去哪儿了？"

"他通宵在警局工作，警长，但是今早他累倒了。"

可能他已经把安吉洛·帕尔多的笔记本电脑带回了家中，因为他工作的地方没有任何与电脑有关的东西。警长刚一坐下，法齐奥就进来了。

"警长，两件事。第一件事，欧内斯托·劳达迪奥评论员今早来警局了。"

"欧内斯托·劳达迪奥评论员是谁？"

"您和他相当熟，警长。他就是上次打电话报警的那个人，他臆想着您要强暴受害人的妹妹。"

原来"维克多·埃马纽埃尔三世"的真名叫欧内斯托·劳达迪奥！他心里乐开了花，在同事面前却表现得一脸阴沉。

"他来做什么？"

"报案，举报一个不知姓名的歹徒。显然，昨晚有人企图强行打开死者的车库门，但是评论员及时阻止了歹徒的这一行径。他朝歹徒射了两枪，把他赶跑了。"

"他伤着那个人了吗？"

但是法齐奥却答非所问。

"您受伤了吗，警长？"

"没有。"

"那评论员就没有伤着任何人了，谢天谢地。您能告诉我昨晚您在死者的车库里都做了什么吗？"

"我先去找了一下保险箱，因为我们都忘记搜查那里了。"

"的确。您发现它了吗？"

"没有。但是后来我又去了那里一趟，因为我突然想起我忽略了一个细节。"

他没有告诉法齐奥这个细节是什么，而法齐奥也没有再问。

"对了，你想和我说的第二件事是什么？"

"我获取了一些关于那个老师埃米利奥·斯克拉法尼的信息。"

"是吗？太好了，快告诉我。"

法齐奥把他的一只手放进了夹克口袋里，警长瞪了他一眼。

"如果你给我掏出一张纸，上面写满了他父亲的名字、他祖父的名字、他曾祖父的名字，那我就——"

"冷静！"法齐奥说道，把手从他的口袋里伸了出来。

"你什么时候能改了这查公共档案的恶习？"

"永远不会，警长。总之，这个老师是个惯犯。"

"你何出此言？"

"我跟您解释啊。这个人结了两次婚。第一次是在他三十九岁，那时他在科米斯尼教书，和一个十九岁的女生结婚了，这个女生自中学起就是他的学生。她的名字叫玛丽亚·柯萨奇。"

"这个女的是哪里人？"

"阿尔巴尼亚人。但是她的父亲出生在意大利。这段婚姻只持续了一年零三个月。"

"发生了什么？"

"什么也没发生。至少人们都是这么说的。结婚一年后，新娘突然意识到，每晚她的丈夫躺到她身边说'晚安，我亲爱的'后只是亲一下她的额头，然后就睡了。您明白了吗？"

"没有。"

"警长，这位老师阳痿。"

"真的？"

"听人们说的。因此，他年轻的妻子需要——"

"需要到别处得到满足。"

"对的，警长。那个人就是他的同事，一个体育老师……我想您现在应该明白了。显然，她丈夫发现了这事，但是他并没有做出任何反应。但是，有一天，他在一个意料不到的时间回到家里，捉奸在床，看到两人正在尝试一种高难度体位。事态就变得严重并发生了逆转。"

"逆转？"

"我的意思是，这个老师并没有打他的妻子，但他把他的同事拽出来狠狠揍了一顿。尽管那个体育老师身体健壮，但是埃米利奥·斯克拉法尼还是把他揍得住进了医院。从此他就变得狂暴了。一些事让他由一个好耐性的戴绿帽子的人变成了一头凶猛的野兽。"

"结局怎么样？"

"体育老师决定不起诉，但是埃米利奥·斯克拉法尼与他的妻子分居了，然后一个人搬到了蒙特鲁萨，最后两人离婚了。然而现在，在他的第二段婚姻中，他发现自己陷入了与第一段婚姻相同的处境。所以我才管他叫惯犯。"

法齐奥刚出去，米米·奥杰洛就进来了。

"你在这儿做什么？"米米问。

"为什么我不能在这儿？我又应当在哪儿？"

"你想去哪儿都行，就是不能在这儿。利果里十五分钟内就要赶到这儿了。"

这个缉毒队的混球！

"我忘了！我打完几个电话就走！"

第一通电话是打给埃琳娜·斯克拉法尼的。

"我是蒙塔巴诺。早上好，夫人。我需要和你谈谈。"

"今天早上？"

"是的。半小时后我可以去找你吗？"

"今天直到下午一点钟我都有事，警长。如果您想和我谈谈的话，我们可以下午见面。"

"我还是今晚去见你吧。你丈夫那时候在家吗？"

"我告诉过你，这都不是问题。无论如何，他今晚都会回来的。听着，我有一个主意，为什么你不请我出去吃晚饭呢？"

他们定好了时间和地点。

第二通电话他打给了米凯拉·帕尔多。

"对不起，警长，我在外面呢。我要到蒙特鲁萨去见托马塞奥检察官。谢天谢地，我姨妈可以……您有什么事吗？"

"你知道法纳拉吗？"

"那个镇子？是的，我知道。"

"你知道住在利贝塔街 82 号的人是谁吗？"

沉默，没有任何回答。

"米凯拉？"

"嗯，我听着呢。我只是被您的话一时惊着了……是的，我知道谁住在那儿。"

"告诉我！"

"我阿姨安娜，她是我妈妈的一个妹妹。她瘫痪了。安吉洛和她……过去和她很亲近。他每次去法纳拉都会去看望她。但是，您怎么知道——"

"相信我，这只是常规调查。我还有其他事情要问你。"

"下午您可以来找我。"

"下午我要去见局长。如果你方便的话，明早可以吗？"

他冲出办公室，钻进车里，驱车离开了。他决定再到安吉洛家去看一下。为什么？直觉驱使他这么做！

从前门进去后，他再次走上了这栋死一般寂静的建筑物的楼梯，然后小心翼翼地打开了安吉洛家的门，没有发出任何声响。他害怕"维克多·埃马纽埃尔三世"会突然从家里冲出来，手拿匕首，一刀刺在他背上。他朝书房走去，在桌子后面的椅子上坐了下来，开始思考。

和往常一样，他意识到明明没有发生任何事，但他就是没办法集中注意力。于是，他站起身开始在公寓里走来走去，查看这里的每间屋子。他甚至一度打开了通向客厅外面的阳台的门，并走了出去。

死者家门前的大街上停着一辆敞篷车。里面的一对年轻男女正在接吻。他们把收音机或者其他什么设备的音量开到了最大。

蒙塔巴诺向后退去。不是因为他对所看到的情景感到震惊，而是因为他终于明白了为什么他觉得有必要回到死者的家中再看一下。

　　他返回书房，再次坐了下来。在安吉洛的一串钥匙中找寻那把能打开书桌中间抽屉的钥匙。他打开抽屉后，拿出了那本名为《最美意大利歌曲》的小册子，开始快速翻阅。

　　"苍白的小姑娘，甜美的五楼邻居 / 从街
对面……"
　　"今天的马车似乎 / 是旧时代的
遗物……"
　　"不要忘记我说过的话 / 小女孩，你不知道
爱是什么……"

　　所有的歌曲都可以追溯到二十世纪四十年代或五十年代。人们在唱这些歌时，他，蒙塔巴诺，还没有出生呢。而且，对他来说，更重要的是，这些歌和奔驰车里的 CD 没有任何关系，那些光盘里都是些流行歌曲。

8

小册子狭窄的空白处标记着一些数字。蒙塔巴诺第一次见到它们时，以为这些数字可能和韵律分析有关。但是，现在他发现这些数字只标在每首歌的前两行处。"苍白的小姑娘，甜美的五楼邻居／从街对面……"这两行旁边分别标着 37 和 22，"今天的马车似乎／是旧时代的遗物……"这两行旁边分别标着 23 和 29，以及"不要忘记我说过的话／小女孩，你不知道爱是什么……"这两行旁边分别标着 26 和 31。这本小册子里剩余的 97 首歌都是如此。蒙塔巴诺很容易就得到了答案：这些数字与该首歌中各自对应的歌行的字母总数一致。很显然，这是个密码。困难的是要找出这些数字到底意味着什么。他把这个小册子放进了自己的口袋里。

※

正当他要走进恩佐餐厅时，蒙塔巴诺听到有人在叫他。他停了下来，转过身，看到了埃琳娜·斯克拉法尼。她刚刚停了车，正从她有折篷的红色"子弹头"中走出来。她身穿运动装，脚上穿着运动鞋。长发披散在肩头，前额配着一条浅蓝色发带用来固定发型。她蓝色的双眸闪现盈盈笑意，红唇显然经过了精心涂抹，也不再嘟着了。

"我从没在这儿吃过饭，我刚从健身房出来，正饥肠辘辘呢。"

一头狂野的野兽，年轻，很危险，和所有野兽一样。

最后，和所有年轻人一样，蒙塔巴诺带有一丝忧郁地想到了这句。

恩佐把他们安排在远离其他客人的餐桌上就餐。但是，实际上，这家餐厅无论何时人都不多。

"你想吃点什么？"他问。

"这儿没菜单吗？"埃琳娜问道。

"从来没有。"恩佐说道，不以为然看着埃琳娜。

"你想来点海鲜前菜吗？这儿的海鲜很不错。"蒙塔巴诺说。

"我吃什么都行。"埃琳娜补充道。

恩佐看向她的眼神变了，不光是亲切起来，简直都要放光了。

"交给我吧！"他说。

"现在还有点小问题。"蒙塔巴诺说道，他想掩饰一下。

"什么问题？"

"你建议我们一起出来吃晚饭，我欣然接受了。但是……"

"得了，您就直说吧！您夫人——"

"我还没结婚呢。"

"您说的是真的吗？"

"是的。"他为什么要回答她？"这个问题就是当我吃东西时，我认为还是不要说话的好。"

她笑了。

"您是要问问题的人，"她说，"如果您不问，那我也就不必回答了。总之，如果您一定要知道的话，我只能说当我做一件事时，我就全心全意只做这一件事。"

他们狼吞虎咽地吃完了开胃菜、蛤汁意大利面、脆炸鲻鱼。整个吃饭过程中他们此起彼伏地发出"呃""哦""咕"的吞咽声，声音时大时小。有时他们也会相互对望，同时发出"哦哦"的声音。酒足饭饱后，埃琳娜在桌下伸直了腿，半闭上眼睛，深深地叹了一口气。然后，她像只猫一般伸出了舌头，舔了舔嘴唇。随后她开始发出近乎猫在满足时发出的咕噜声。

蒙塔巴诺曾读过一位意大利作家写的一个短篇故事，讲的是在某个国家在公众场合做爱不但不是丑闻，该国国民反而觉得这是世界上最自然的事情。但是，在他人面前吃东西反而是不道德的，因为他们认为一起吃饭是一种很亲密的行为。他的脑海中突然涌现出一个问题，这几乎让他发笑。他想打赌，不久以后，由于年龄的原因，他会不会因为光是与女人同桌用餐就感到快乐？

"那么我们现在该从何谈起呢？"蒙塔巴诺问道。

"您有别的事情要做吗？"

"我不着急。"

"我有另一个想法。到我家去吧，我给您煮点咖啡。我丈夫去蒙特鲁萨了，您是知道的。您是开车来的吗？"

"是的。"

"那就跟着我吧。对了，您想什么时候离开都行。"

跟上这辆"子弹头"并非易事。蒙塔巴诺决定暂时忘记它，反正他也知道去埃琳娜家的路。事实上，当他到达时，埃琳娜已经肩背健身包，站在前门等着他了。

"你的车真不错！"他们走上电梯时，蒙塔巴诺说道。

"安吉洛给我买的。"埃琳娜边开门边冷冷地回复，仿佛她只是在谈论一盒烟或者是其他无关紧要的小事情。

这女人试图打乱我的计划啊，蒙塔巴诺思忖着，突然觉得很生气，可能是因为他想的只是一些陈词滥调，也可能是因为这些陈词滥调又确实与实情相符。

"这一定花了他不少钱。"

"确实，不过我会尽快把它卖掉。"

她带他进了客厅。

"为什么？"

"因为我养不起它。它的油耗就跟飞机一样多。您明白的，安吉洛把它送给我时，我之所以会收下只是因为一个条件：每个月，安吉洛要给我报销油费和车库费。他之前已经给这辆车上了保险。"

"他照你说的做了吗？"

"当然！"

"和我说说。他是怎么给你报销的？用支票？"

"不，付现。"

该死！又没办法追查安吉洛是否有其他银行账户了！

"哦，警长……我要去煮点咖啡，顺便再去换身衣服。在这期间，如果您想梳理一番……"

她把他带到了餐厅右边的客用小卫生间。

他慢悠悠地脱掉了夹克和衬衣，把头伸到水龙头下冲了冲头。等他再次回到客厅时，埃琳娜还没有回来。五分钟后，她端着咖啡回来了。她简单冲了个澡，套上了一件宽松、过膝的家居服，没有再穿其他衣物。她赤着脚。胳膊和腿从红色家居服里伸出，她的腿笔直光滑，长得好像没有尽头。哦，多么有力、可爱的双腿啊，和舞者或者运动员的腿别无二致。最棒的是，蒙塔巴诺立刻明白了，这双美腿的主人——埃琳娜无意，更不会试图去引诱他。她不认为以这样的方式出现在一个陌生男人面前有什么不妥。仿佛能读懂他的心思一般，埃琳娜说：

"和您待在一起，我觉得很舒服，非常自在。虽然我不应该这样。"

"是的。"警长回复。

他自己也觉得很舒服，太舒服了。这样可不好。这次又是埃琳娜将话题引到了正题上。

"好，关于那些问题……"

"除了这辆车之外，安吉洛还送过你其他礼物吗？"

"是的，他还送过其他很贵重的礼物，比如珠宝之类。如果您想看的话，我可以把它们拿出来给您看看。"

"没这个必要，谢谢。你丈夫知道吗？"

"知道这些礼物吗？是的，毕竟，有些礼物，比如戒指还算好藏，但是像汽车就——"

"为什么？"

她立刻就明白了。她真是非常聪明！"您从来没有给女性朋友送过礼物吗？"

蒙塔巴诺感到恼火。即使并非出于故意，但是利维娅从未被牵扯进他这些恶心、肮脏的调查中。

"你遗漏了一个细节。"

"什么？"

他故意发起进攻。

"那些礼物是为了支付你的服务的。"

他想过埃琳娜可能会做出的每一种反应，但是他没有料到她竟然会哈哈大笑起来。

"您称它们为'服务费'？安吉洛大概高估了我的'服务'。我保证，我的'服务'连我自己都不满意。"

"我还要再问你一次：为什么？"

"警长，答案很简单。过去三个月里，安吉洛先是送了我这辆车，然后又送了我这些礼物。我想，我跟您说过，最近他被我……呃……总之，他爱上了我，他不想失去我。"

"那你感觉如何？"

"我不是告诉过您吗？他的占有欲越强，我就对他越反感。我最讨厌被他人管制。"

有一首古希腊情诗，讲的就是一位年轻的色雷斯女人无法忍受被人管制，是吧？不，现在不是思考诗歌的时候。

理清思绪后，警长把手伸进他的夹克口袋，从中拿出了他随身携带的三封信。他把它们放到了桌子上。

埃琳娜看了一眼，认出了这些信，但是她并没有表现出窘迫。

她连碰都没有碰这些信。

"您在安吉洛家找到这些的？"

"不是。"

"那在哪儿？"

"死者把它们藏在了他那辆奔驰的后备厢里。"

她的脸上突然出现了三道皱纹：一道在前额，两道在嘴角。表现出如此困惑的神情，她还是头一次。

"他为什么要把它们藏起来？"

"呃，我也不知道。但是我有个大胆的猜测。或许安吉洛不想让他妹妹看到它们。你能想到，有些细节描写可能让他觉得很尴尬。"

"您在说什么呢，警长？情侣之间应该没有秘密的！"

"听着，我们暂且先忘了这些问题和理由。我是在安吉洛车子的后备厢里的橡胶铺垫下发现了一个布纹信封，信封里装着这三封信。这就是事实。但我还有另一个问题，而且你知道这问题的答案。"

"警长，实际上，这些信是有人让我写的。"

"谁？"

"安吉洛。"

这个女人在想什么呢？她觉得他能相信这个胡话吗？他感到很愤怒，猛地站了起来。

"明早九点，我希望你能来一趟警局。"

埃琳娜也站了起来。她的脸色变得苍白，前额冒出了细密的汗珠。蒙塔巴诺发现她在微微颤抖。

"不，求您，不要在警察局。"

她低下了头，握紧了拳头，双臂垂在身体两侧，像极了一个害怕被惩罚的早熟少女。

"你知道的，我们又不会在警局吃了你。"

"不，不，求您了，求您了。"

她柔弱纤细的声音变成了轻微的啜泣声。难道这个女孩做过什么让他惊讶的事情吗？为什么她觉得去警局如此可怕？像对待幼童一般，蒙塔巴诺把手放在了她的下巴上，抬起了她的头。埃琳娜紧闭双眼，但早已泪流满面。

"好，不去警局了，但是你不要再瞎说了。"

他再次坐了下来。她依然站着，却向蒙塔巴诺身边靠了靠，直到她站到了蒙塔巴诺的正前方。她的腿触碰着他的膝盖。她想要做什么？她想做些什么以作为对他不强迫她去警局的交换？突然间，他闻到了她身体散发的幽香，一瞬间感到些许晕眩。他开始害怕他自己。

"回到你的位置上！"他严厉地说道，仿佛此刻他突然化身成了一位校长。

埃琳娜听从了。坐下来后，她用双手拉拽着家居服，试图稍微遮住双腿，但是这并没有起多大作用。因为一旦她松开手，衣服便又蹿了上去，大腿甚至比之前露得更多。

"那么，安吉洛让你写这些信究竟是怎么一回事？"

"我从来都没有开车跟踪过他。我和他第一次见面时，我都已经买车一年了。但是一场车祸让我的车报废了。我没有足够的钱再去买一辆新车，甚至连二手车我都买不起。第一封信提及我开车跟踪他去法纳拉的时间是在四个月前——你可以查一下日期——那时安吉洛还没有买车给我。但是，为了增强故事的可信度，他告诉我要在信里写明他去了一幢房子——我记不清地址了——我也曾疑心过。"

"他告诉过你谁住在那儿吗？"

"说过，是他的一位阿姨，他母亲的妹妹。"

她不再紧张兮兮，而是逐渐恢复了常态。但是，为什么警长的提议让她如此害怕呢？

"让我们试想安吉洛真的让你写过这些信。"

"但这是真的！"

"我暂且相信你。显然，他让你写下这些信是为了让某人看到，但是他究竟想让谁看到呢？"

"他妹妹米凯拉。"

"你怎么能如此确定？"

"因为他和我说过。他想制造机会让米凯拉'碰巧'发现这些信。这也就是为什么我会奇怪安吉洛竟然把它们藏在了他的汽车后备厢里。放在那儿的话，米凯拉可能永远都发现不了。"

"安吉洛试图通过让米凯拉读到这些信来躲避她？这才是最终目的？你问过他吗？"

"当然。"

"他是怎么解释的？"

"他给了我一个极其荒谬的解释。他说他想让米凯拉相信我疯狂地爱上了他，因为米凯拉完全不相信。然后我假装相信了他的解释，因为在内心深处我并不怎么在意这事。"

"你认为安吉洛实际上有别的原因？"

"当然，他就是想要获得些许自由。"

"怎么说？"

"我会给您解释的，警长。您知道，米凯拉和安吉洛自小就十分亲密。据我观察，当他们的妈妈身体无恙时，米凯拉便会经常住在他哥哥的家里。她会和安吉洛一同外出，并随时了解安吉洛的所在。她掌控着他。在某种程度上，安吉洛已经厌倦了这样的生活，或者至少他渴望得到些许的行为自由。所以，我编造的极度'嫉妒'便成了他最好的借口。这让他不用带着妹妹外出。他让我写的余下两封信是在他两次出差前的时候，一次去荷兰，一次去瑞士。这两封信成了他不带妹妹出差的绝佳理由。"

这个解释说得通吗？这解释太扭曲，太意外了，就像疯狂的炼金术士使用的蒸馏器一样。不，它就是。那么，埃琳娜对安吉洛真正用意的猜测也就可信了。

"我们暂且不提这些信。自我们开展调查以来，警方就广泛撒网，我们已经——"

"我能看一下吗？"埃琳娜打断了他的话，指了指桌上的信件。

"当然。"

"您继续说，我听着呢。"埃琳娜说道，她从信封里取出一封信，然后开始阅读了起来。

"我们发现了一些关于你丈夫的事情。"

"您说的是他的第一段婚姻吗？"她问，但是仍然继续阅读着。

别欲盖弥彰了。这个女人总是在拆他台。

毫无征兆的，她突然向后倚去，开始大笑起来。

"你看到了什么好笑的内容吗？"

"'双陆棋'，您对这个词有什么想法？"

"我什么想法也没有。"蒙塔巴诺说着，脸微微泛红了。

"这是说我的肚脐很敏感，所以……"

蒙塔巴诺的脸变得通红。啊，所以她喜欢别人亲吻和舔舐她的肚脐。她疯了吗？她难道不知道这些信的内容很有可能让她坐三十年牢？真是"双陆棋"！

"我们回到你丈夫这个话题。"

"埃米利奥告诉过我所有的事情，"埃琳娜说着，把信放在了一旁，"他迷上了他的学生玛丽亚·柯萨奇，然后和她结婚了，并期待有奇迹降临。"

"不介意的话，我想问一下'奇迹'指的是什么。"

"警长，埃米利奥阳痿。"

这个女人的直白对蒙塔巴诺来说像天降之石砸在了他头上一般不留情面。蒙塔巴诺欲言又止，不知如何开口。

"埃米利奥并没有告诉玛丽亚实情。但是后来他再也找不出借口向玛丽亚隐瞒，所以他们达成了一个协议。"

"等一下，等一下。这个妻子没有要求婚姻无效或者离婚？所有人都会站在她这一边的。"

"警长，玛丽亚当时特别穷。为了供她上学，她家里都揭不开锅了。签协议总比离婚好得多。"

"协议的内容是什么？"

"埃米利奥答应给她找个可以和她上床的男人。然后他给她引荐了他的一个同事，也就是那个体育老师，他们之前已经说好了。"

蒙塔巴诺瞪着眼睛说不出话来。在这些年的从警生涯中，无论他见过或听说过多少离奇的事情，也无法让他不对这些错综复杂的性关系和不忠行为感到诧异。

"所以，简而言之，就是他献出了自己的妻子？"

"是的，但是有一个条件：玛丽亚每次和体育老师见面前要先通知他。"

"天哪！天哪！为什么？"

"因为这让他看起来不像是被人戴了绿帽子。"

当然，从某种角度来说，埃米利奥的理由完全没毛病。路伊吉·皮兰德娄不也是他这种人嘛。

"那你又如何解释那个体育老师差点被杀了？"

"埃米利奥从未提过那次偶然撞见。它是……呃，一次没有事先告知的见面。所以埃米利奥要表现出像是一个丈夫将妻子捉奸在床的样子。"

这就是"游戏规则"。皮兰德娄不是也写过一部同名戏剧吗？

"我能问你一个私人问题吗？"

"当然，我在您面前毫不伪装。"

"在和你丈夫结婚前，你丈夫和你说过他阳痿吗？"

"嗯嗯，他和我说过。"

"而你仍然同意和他结婚？"

"是的，他说如果我想和其他男人发生关系，他也同意。当然，要谨慎些，而且要把情况告诉他。"

"你履行了诺言？"

"是的。"

蒙塔巴诺清楚地明白，这句"是的"是个谎话。但他才不管埃琳娜是否瞒着丈夫偷偷和某人见面呢。这是她自己的事。

"听着，埃琳娜，我要进一步明确一下。"

"请说。"

"像你这样拥有众多追求者的漂亮女孩，为什么会答应嫁给一个既没钱又比你大很多的老头呢？他甚至不能——"

"警长，您能想象出海难后在海里扑腾的场景吗？"

"我没有那么丰富的想象力。"

"请您努力想一下。尽管您已经游了很久，但您就是没法游得更远一些。您知道您将要沉下去了。然后，您突然发现在您的身边有个可能会让您浮着的东西。您会怎么做呢？您会试图抓住它。而且，在您看来，那时候它究竟是一块木板还是装有雷达的救生艇都已经不重要了。"

9

"真有这么糟？"

"是的。"

显然，她不想再谈论这件事了。这对她来说太难了。但是警长却不能假装这件事毫无关系，他不能不谈。他需要知道一切与死者有关人员的过去和现在的情况。这是他的工作，尽管这有时候会让他产生一种开庭审判的错觉。这点是他所不喜欢的。

"你是怎么认识埃米利奥的？"

"在科米斯尼的丑闻事件过后，埃米利奥搬到费拉生活了一段时间。我父亲是他的远房表兄，就跟他讲了我的情况，还有我被强制送进未成年人管教机构的事。"

"因为吸毒？"

"是的。"

"你那时候多大？"

"十六岁。"

"你为什么要吸毒？"

"我还真没法具体说。我沾染毒品的原因很复杂，甚至连我自己都无法解释清楚。大概有很多因素吧……首先，在我还不满十岁时，我妈妈突然去世了。自此，我爸爸就不再关心任何人，甚至连我妈妈的后事也不过问。还有，就仅仅是出于好奇了。在我最脆弱的时候，这样的机会趁机而入。而且，我中学的男友——我以为我爱他——也鼓动我去……"

"你在里面待了多久？"

"整整一年，在那期间从没出去过。埃米利奥来看过我三次。第一次是和我爸爸一起来的，只有这样他才能见到我。之后他就自己一个人来了。"

"后来呢？"

"我逃跑了。我上了火车，然后去了米兰。在那里，我和形形色色的男人交往，后来跟了一个四十岁的男人。我被警察抓到过两次。第一次是由于我还是未成年人，所以他们把我交给了我爸爸。如果说之前和他一起生活如同戏剧般荒诞的话，那么这次再想让我过那样的日子就不可能了。所以我又逃跑了。我又去了米兰，但他们还是抓住了我。"

她僵住了，脸色猛然变得惨白，再次开始微微地颤抖，哽咽了一番没有说话。

"别说了！"蒙塔巴诺说。

"不，我想要解释一下为什么……第二次，两名警察要把我带上警车送去警局，我提议和他们做个交易。您可以想象到那是个什么交易。一开始，他们假装对我的提议不感兴趣。'你必须要去警察局。'他们反复告诫我这句话。于是，我不停地恳求他们，然后我才意识到他们因为我的乞求而感到兴奋，因为他们对我可以为所欲为。我开始大闹起来，呜呜哭泣，给他们跪下，就在那个警车里。最后，他们同意了，把我带到了一个隐蔽的地方。那……太可怕了。整整四个小时，我从未经历过那么可怕的事情。但是，最恶心的是他们对我的鄙视，他们虐待我，企图羞辱我……最后，其中一个人甚至还冲我脸上撒尿。"

"求你了，别说了！"蒙塔巴诺语气温柔地说道。

作为一个男人，他感到十分羞愧。他知道埃琳娜并没有说谎，她以前竟然有过这种遭遇，太不幸了。但现在他终于明白，为什么仅仅"警察局"这三个字就足以让埃琳娜昏厥了。

"警察为什么要抓你？"

"卖淫。"

她说这话时很平静，没有一丝羞愧或尴尬。这只是她做过的众多事情中的一件。

"那时我们太缺钱了，"她继续说，"我男朋友就让我去做妓女。当然，我们都是偷偷的，没有在大街上揽客。但是警察还是会时不时地进行突袭，就这样我被抓了两次。"

"你是怎么与埃米利奥重逢的？"

她微微笑了一下，然而蒙塔巴诺并没有马上理解其中的含义。

"警长，从这开始，故事可就朝着动画片或者说肥皂剧的方向发展了。您真的想听吗？"

"是的。"

"大约在我们重逢的半年前，我回到了西西里岛。在我二十岁生日那天，我潜入超市，打算偷点东西给自己庆生。但是，就在我环顾四周时，我和埃米利奥双目对视了。自从在少管所见过几面后，我们就一直没再见面了，但他还是一眼就认出了我。而且，奇怪的是，我也立刻认出了他。我还能说些什么呢？从此他就一直陪着我。他帮助我戒毒，并给我很好的照顾。他照顾了我整整五年，无怨无悔，他为我所做的牺牲我根本无法用语言描述。四年前，他向我求婚了。这就是我的故事。"

蒙塔巴诺站起身，把信件放回了口袋里。

"我得走了。"

"您能不能再多待一会儿？"

"抱歉，我得去蒙特鲁萨开个会。"

埃琳娜站了起来，慢慢地走向他，微低着头，然后她的唇轻轻地覆上了他的唇。

"谢谢！"她说。

※

坎塔雷拉突然大喊一声，吓得蒙塔巴诺双腿发软，几乎无法走进警局。

"警长，我成——功——啦！"

"你成功了什么？坎塔雷拉。"

"密码，警长！"

站在他的小办公桌前，坎塔雷拉高兴得像只跳舞的小熊，双脚不停地欢快地踢踏着。

"我破解了密码！我把它输进去电脑就解开了！"

"到我办公室说。"

"马上，警长！我得先打印一下。"

还是赶快离开那里吧。所有进出警局的人正满脸惊讶地看着他们。

还没走进办公室，他的头就和米米·奥杰洛的头撞上了。说来也奇怪，米米怎么也在。可能是他孩子的病好了。

"利果里今早来干什么？"

"来刺激我们。"

"什么意思？"

"我们要把目标定得更高。"

"什么意思？"

"我们要深入调查。"

蒙塔巴诺突然没了耐心。

"米米，如果你不能把话说清楚的话，你知道我会在你身上哪个地方'深入'一下？"

"萨尔沃，蒙特鲁萨的领导似乎对我们打击毒品贩子的努力并不满意啊。"

"他们说什么呢？上个月，我们可是在酒吧里抓住了六个毒贩。"

"他们认为这还不够。利果里说我们所做的都是皮毛小事。"

"那什么是大事？"

"据他说，我们不应该仅限于偶尔抓住个把毒贩，而应该按照他制定的周密计划严谨行事，这样才能抓到更多毒贩。"

"但那不是他的职责吗？他不是缉毒队队长吗？他为什么要

来我这儿打乱我们的计划？让他计划去吧，但是不要派我们的人去，让他自己的人执行去！"

"萨尔沃，根据他的调查，其中一名毒贩头子似乎藏在我们这里，就在维加塔，所以他们希望我们能协助调查。"

蒙塔巴诺一动不动地望着他，陷入了沉思。

"米米，最近这案子让我恶心。我们需要谈一谈，但是我现在马上没时间和你说。我必须得跟进一下坎塔雷拉的工作，然后我还要赶去蒙特鲁萨和局长见面。"

坎塔雷拉站在蒙塔巴诺办公室的门旁等着，依旧手舞足蹈得像只小熊。他跟着蒙塔巴诺进了办公室，然后把两张打印好的纸放在了办公桌上。警长扫了一眼，没弄明白这两张纸上的内容。纸上，一串六位数字排列在另一串六位数字之上，而且上下两串数字中的每一个都和另一个相对应，排列得很整齐。例如：

213452   136000

431235   235000

还有很多。他明白，要理解这些数字还是要靠坎塔雷拉，尽管他还沉浸于非洲部落的舞蹈中无法自拔。

"干得漂亮！祝贺你，坎塔雷拉！"

现在，坎塔雷拉由激动的小熊变成了骄傲的孔雀。但鉴于他没法开屏，于是他便不停地抬高，并伸展双臂，将手指散开成扇形，接着旋转起来。

"你是怎样破解密码的？"

"哦，警长，警长！死者太聪明了，他都快把我逼疯了！密码是死者妹妹的名字，也就是'米凯拉'，再结合她的——我是说，死者妹妹的——出生年月日，但用的不是数字，而是字母。"

坎塔雷拉为他破解了密码深感高兴，一口气说完了。尽管蒙塔巴诺理解起来很费劲，但是他还是尽可能多地抓住了他需要的信息。

"我记得你说过你需要三个密码……"

"是的，警长。我确实说过，我还在努力。"

"很好，那你继续努力吧。再次感谢你。"

坎塔雷拉看上去有些摇摇晃晃。

"你头晕吗？"

"有点，警长。"

"你还好吗？"

"我很好。"

"那你为什么会觉得晕？"

"因为您竟然向我道谢，警长。"

坎塔雷拉酩酊大醉般地走出了警长办公室。蒙塔巴诺再次瞥了一眼那两张纸。但由于是时候去蒙特鲁萨了，所以他把这两张纸塞进了放有小歌词本的口袋中。他断言，这个小歌词本里的内容赋予了这些数字以意义。

※

"我亲爱的警长，最近怎么样？家里一切都还好吗？"

"很好，很好，拉特斯博士。"

"你随意。"

"谢谢你，博士。"

蒙塔巴诺坐下，拉特斯看着他，他也看向拉特斯。拉特斯朝他笑，他同样也回之以微笑。

"什么风把你吹来了？"

蒙塔巴诺的下巴都要惊掉了。

"实际上，我……局长告诉我……"

"你也是来这儿等着和局长见面的？"拉特斯诧异地问道。

"呃，是的。"

"什么？你的意思是那个接待员卡瓦雷拉——"

"坎塔雷拉。"

"他竟然没和你说？今早晚些时候，我给你打过电话，通知你局长必须去一趟巴勒莫，他和你的见面时间改到明天这时候了。"

"没，没人告诉我这件事。"

"那就麻烦了！你必须采取点措施！"

"我会的，博士，您不必担心。"

对坎塔雷拉能采取什么措施呢？这简直比让螃蟹直着走还难。

既然他都已经到蒙特鲁萨了，他决定去看看他的老朋友尼科洛·齐托，那个新闻记者。他走到自由频道工作室门前，刚要进去，一个小助理告诉他，在直播前齐托只有十五分钟的休息时间。

"真是好久没见你了！"尼科洛责备道。

"不好意思，最近太忙了。"

"我能帮你做点什么吗？"

"不用，尼科洛，我只是想来看看你。"

"对了，你是不是在维加塔的那件凶杀案里给贾科瓦佐帮忙？"

机动组的头儿竟然没否认这件案子已经交给他负责了，这一点很好，省得蒙塔巴诺被记者追问了，但让蒙塔巴诺对朋友撒谎，他恐怕做不到。

"不，并不是帮忙。你知道贾科瓦佐是什么样的人。你为什么这么问？"

"因为没有一个人能从他嘴里撬出与案件相关的一个字来。"

这是自然的。机动组组长之所以不和记者们讲述案情，是因为他根本什么都不知道。

"所以，"齐托继续说，"我认为，鉴于当前的情况，现在他必定会采取些行动。"

"为什么？当前发生什么了？"

"你没看报纸吗？"

"不经常看。"

"警方将对全国范围内四千多名医生和药剂师进行调查。"

"好吧，但是这和谋杀案有什么关系？"

"萨尔沃，动动脑子。你想想那个前医生安吉洛·帕尔多的职业。"

"他是医药代表。"

"对啊，警方怀疑凶杀动机是医生和药剂师相互勾结，争夺回扣。"

"什么意思？"

"意思就是一些医药线人行贿，医生受贿。为了得到金钱和礼品，这些医生和药剂师就按照线人所提供的药品来开出药方。这样一来，他们就可以获得大笔财富。现在你明白整个经过了吗？"

"嗯嗯，线人并不仅仅是推销药品。"

"是的，当然，并不是所有的医生都受贿，也不是所有的线人都行贿。但是，如今在医药界，受贿行贿的现象屡见不鲜，一些大厂也牵涉其中。"

"你认为安吉洛·帕尔多是因此被杀的？"

"萨尔沃，难道你没意识到这个行业背后藏有多大的利润吗？但是，不管怎么说，我是不会公开说的。我刚才所说的对查案或许会有所帮助。"

※

警长在回维加塔的路上一直在思考着，车速一度低至五英里每小时。看来这一趟去蒙特鲁萨并不是一无所获。尼科洛提出的建议虽然对他来说可能性不大，但是也不得不去考虑。接下来该怎么做？难不成要让他打开安吉洛那本记满了医生和药剂师姓名、地址、电话号码的大记事簿，从中挑选出可能相关的人员，并一一给他们打电话？然后问他们：

"不好意思，打扰了，请问您是否可能接受过医药代表安吉洛·帕尔多的行贿？"

这个方法肯定不会奏效。或许他需要向熟悉这类调查的人员寻求帮助。

回到办公室，他打给了蒙特鲁萨海关警察总部。

"我是蒙塔巴诺警长。我想找艾利欧塔队长。"

"马上为您联系少校。"

显然，他升官了。

"我亲爱的蒙塔巴诺！"

"恭喜你啊，我才刚知道你升职了。"

"谢谢，但这已经是一年前的事情了。"

他这是在含蓄地责备蒙塔巴诺。他的意思是，你这个王八蛋，你已经有一年没联系我了。

"我想问一下马歇尔·拉格纳还在职吗？"

"他快退休了，不过还在职。"

"他曾经帮了我很大的忙。我在想，我能不能再次请他帮忙，如果你允许的话，当然……"

"当然可以！我让他接电话，他一定很乐意帮你。"

"喂？拉格纳？最近怎么样啊？……哦，我能否占用你半小时的时间吗？真的吗？……你都不知道我是多么感激你……不，不，我去蒙特鲁萨接你。明晚六点半左右可以吗？"

警长刚挂断电话，米米·奥杰洛就黑着脸走进来了。

"怎么了？"

"贝巴打来电话说，小萨尔沃有些烦躁不安。"

"你知道吗，米米？你和贝巴都有些烦躁不安。如果你还要像现在这样焦虑的话，你也会让孩子烦躁不安的。对于孩子的第一个生日，我想给他买一身定做的小紧身衣，这样他长大后就可以穿得惯了。"

　　米米并不对蒙塔巴诺的话表示赞同或欣赏。他的脸彻底黑了下来。

　　"我们谈点别的吧，局长想让做什么？"

　　"我没见到他，他临时有事去巴勒莫了。"

　　"你跟我解释一下，为什么利果里来这儿会让你这么不高兴。"

　　"想要解释清楚我的感觉可不容易。"

　　"那你就尽量解释清楚。"

　　"米米，利果里突然来找我们是因为参议员尼科特拉在维加塔吸毒身亡，尽管我们并不这么认为。如果我没记错的话，你也说过同样的事情。尼科特拉死之前也有两人因吸食毒品死亡，但他们在参议员死后才来我们这儿。我想问的是，他们的目的是什么？"

　　"我不明白。"奥杰洛面带疑惑。

　　"我再详细地解释一下。这些家伙想查清到底是谁卖给了参议员所谓的'成瘾性'药物，以此来阻止其他像参议员这样的大人物沾染上毒品。现在，他们可是压力山大啊。"

　　"难道你不认为他们做的事情是对的吗？"

　　"当然是对的。但这有一个问题。"

　　"什么问题？"

　　"官方宣称，尼科特拉是自然死亡。这样，无论是谁卖给他毒品都不会对他的死负责。如果我们逮捕了他，这家伙招供说自己不仅向参议员贩卖毒品，还把毒品卖给了参议员的朋友们——

政客、商人、富豪，这绝对是件丑闻，而且还会引起一场大骚乱。"

"所以呢？"

"所以，一旦我们逮捕他，整个国家体系就会陷入混乱，就连我们也得受到牵连。如果是我们这么做了，而不是利果里和他的手下，人们就会纷纷告诫我们以后要谨慎行事，其他人将会像米兰法官一样指责我们的所作所为，所有的共产党员会趁机攻击我们的政治经济体系……总之，那时候局长和利果里就会推卸责任，而我们就会像勃朗峰隧道一样被凿出个大洞。"

"那我们该怎么办？"

"我们？米米，利果里是和你通话的，你可是局长面前新晋的红人。可不关我什么事。"

"行，那我应该怎么办？"

"秉持良好的传统。"

"什么？"

"武装冲突。你在准备抓捕毒贩时，如果他朝你们开火了，立刻反击，现场击毙。"

"滚出去！"

"为什么？"

"第一，这种反击不是我的风格；第二，即便是抓捕大毒枭，也没人听说过毒贩会开枪以拒捕。"

"你是对的。所以，还是得按照惯例，你抓到他后暂时先别交给法官。你要谨慎行事，并且让所有人都知道他在你那儿待了两天。第三天早上，你把他关进监狱。与此同时，其他人会去恢复世界的秩序，你在旁边看着就行了。"

"等什么？"

"等这个毒贩在监狱里饮用上好的咖啡。优质咖啡，就像他们给皮斯考塔以及塞多纳喝的那种，这样，这个毒贩就不会再开口说出其他顾客的名字了。他们都能像以往一样幸福地生活下去。故事到此结束。"

米米，一直站着，直到现在才一屁股坐了下来。

"让我们理智地想一想。"

"现在可不是时候。晚上再想吧，反正小萨尔沃会让你睡不着的。明早我们再谈论此事，这样是最好的。你现在赶紧走吧，我要打个电话。"

奥杰洛离开了，既疑惑又茫然。

"米凯拉吗？我是蒙塔巴诺。五分钟后我去你那里，可以吗？不，还没什么进展。只是……好，十五分钟后我再过去。"

10

他按了按门铃，然后进门，开始上楼。米凯拉正在门口等着他，她穿得和蒙塔巴诺第一次见到她时一样。

"晚上好，警长。您不是说今天不过来了吗？"

"是的，但是我和局长的见面取消了，所以……"

她为什么不请他进屋？

"你妈妈怎么样了？"

"鉴于目前的状况，我姨妈一直陪着她，劝着她，她已经好多了。"

她还是没有请他进屋。

"我得和您说明，在得知我一个人住在这儿后，我的一位朋友过来看我。她现在正待在屋里呢，如果您需要的话，我可以先送她离开。但是我没什么可隐瞒的，所以您可以当她不存在。"

"你是说，我可以在你朋友面前坦然地询问你？"

"是的。"

"好，那我没什么问题。"

这时，米凯拉才侧过身子让蒙塔巴诺进屋。刚一进客厅，蒙塔巴诺一眼就看到了一头浓密的红发。

宝拉！那个红头发女人！他对自己说。安吉洛遇见埃琳娜之前的那个女朋友。

细细打量下，宝拉·托里西-布兰科的年纪在四十岁左右，但是乍一看会被认为是三十多岁。毋庸置疑，她面容姣好。安吉洛的眼光还真是不错。

"如果我在这儿会有所妨碍的话……"宝拉开口道，随后她站起身，朝蒙塔巴诺伸出了手。

"没有任何妨碍！"蒙塔巴诺郑重其事地回答道，"你在这儿的话还省了我去蒙特鲁萨的时间呢！"

"啊，真的吗？为什么？"

"我正想找你谈一谈呢。"

他们各自就座，都陷入了沉默。警长笑了笑，这场景真像一场盛大的老友聚会。稍微停顿后，蒙塔巴诺转向了米凯拉。

"你和托马塞奥检察官谈得怎么样？"

"别提了！那个人就是个……他脑子里就只有一件事……他问的那些问题都……太让人恶心了！"

"他都问了你什么问题？"宝拉略带淘气地问道。

"我待会儿再和你说。"米凯拉回答。

蒙塔巴诺可以想到当时的情景：托马塞奥沉迷在米凯拉如海的眼睛中，突然面红耳赤，呼吸急促，并且试图在脑海里幻想着她朴素衣着下隐藏着的胸形，然后色眯眯地问她：

"关于你哥哥被杀时生殖器裸露在外这件事，你有什么想法？"

"托马塞奥有没有和你说过何时举办葬礼？"

"至少还得等三天。您现在有什么消息吗？"

"你是问调查情况吗？现在还是毫无进展。我来找你是想再问你一些事情。"

"随时待命。"

"米凯拉，你记不记得，我向你询问你哥哥的收入情况时，你说他的收入可以让你们一家三口人生活得很好，还足够供应两所公寓的花销，是吗？"

"是的。"

"你能说得更详细点儿吗？"

"这很难说，警长。他没有固定的收入或者月薪，他的收入一直在变。他有最低收入保障，还有费用报销和药品销售提成。当然，最重要的还是药品销售提成。而且现在他们还会发绩效奖金。但是我不知道它们加起来具体有多少钱。"

"我还得问你一个细节。你说过安吉洛曾给埃琳娜买过昂贵的礼物，这一点我已经得到证实了——"

"你去问那个婊子了？"米凯拉打断了他的话。

"好了，好了！"宝拉笑着开口说道。

"我为什么不能这么叫她？"

"这与案情无关。"

"但是，事实上，她就是个婊子！警长，埃琳娜还没成年的时候，她就跑到米兰——"

"这些我都已经知道了。"警长赶紧打断了她。

尽管埃琳娜很信任安吉洛，告诉了他她年轻时犯下的错误，但这并不代表安吉洛不会将这些告诉他妹妹。很显然，米凯拉并不是通过雇私家侦探去调查她哥哥的情人才知道埃琳娜的过去的。

"不过他倒是从没送过我礼物，"宝拉这时候开口说道，"实际上，也不是完全没有。有一次他在费拉的路边摊上给我买了一副耳环，三千里拉，还不到一欧元。"

"还是回到正题上来吧，"蒙塔巴诺说，"为了给埃琳娜买这些礼物，安吉洛有没有从你们两人的共同财产中拿钱？"

"没有。"米凯拉很坚定。

"那他是从哪里弄到的钱？"

"无论什么时候他拿到奖金或奖金的支票，他都会把它们兑现，然后放在家里，等攒到一定钱数后，他就去买个礼物来……"

"所以，你认为安吉洛不可能在你不知情的情况下在别的银行有私人账户？"

"那是当然！"

迅速、坚定、果断。但是，她也太过迅速、坚定、果断了吧。

她怎么会没有一丝丝的疑惑呢？或许她产生过怀疑，还是很强烈的那种，但是这会让她对她哥哥产生怀疑、产生阴影，所以她拒绝承认这点。

蒙塔巴诺决定采取迂回战略，避开米凯拉的防备，所以他开始问宝拉。

"你刚才说安吉洛曾经在费拉给你买过一副耳环。那么多城市，你们为什么要去费拉？你是陪着他去的吗？"

宝拉微微笑了笑。

"和埃琳娜不同，以前我总是陪着安吉洛在省内四处出差。"

"他之所以没有带她是因为她已经在跟踪他了！"米凯拉再次忍不住发起了攻击。

"当然，那时候我已经从学校里辞职了。"宝拉继续说。

"你见过他去银行吗？"

"我记不清了。"

"对他所拜访的医生或者药剂师，他都表现得很友善吗？"

"我不明白您的问题。"

"他的那些……姑且称为客户吧，他和哪个客户的关系不那么好？"

"警长，其实，我并不认识安吉洛的客户。虽然安吉洛曾经向他们介绍过我，以女朋友的身份，但是，真的，在我看来，他对待所有的客户都是一样的。"

"他带你出差时，你陪他参加了所有的见面吗？"

"不，有时他会让我自己待在车里或者四处逛逛。"

"他没有和你说原因吗？"

"呃，他只是开个玩笑糊弄过去了。他说他要去见一个年轻貌美的医生，恐怕不能……或者他会解释这个医生是个虔诚的但心眼儿小的天主教徒，他不会同意我去的——"

"警长，"米凯拉插了进来，"我哥哥把朋友和顾客区分得很清楚。我不知道您是否注意到，他的桌子里有两个记事簿：一本记满了家人和朋友的地址，一本——"

"是的，我看到了。"蒙塔巴诺说，然后他继续问宝拉：

"你现在是不是在蒙特鲁萨的中学里教书？"

"是的，我教意大利语。"

她又笑了起来。

"我知道您想问什么了。埃米利奥·斯克拉法尼并不是我的同事。其实，我们算是朋友。有一天晚上，我邀请埃米利奥和他年轻的妻子一起吃饭，当时安吉洛也在场。他们俩就是在那个时候认识的。"

"嗯，埃琳娜说她丈夫知道她和安吉洛所有的事情。你能为此证明吗？"

"是真的，事实上，最奇怪的事情也就因此发生了。"

"什么意思？"

"是埃米利奥跟我说的，说他妻子和安吉洛有了私情。因为几个小时前，埃琳娜告诉了埃米利奥。我当时并不相信，我认为埃米利奥一定是在和我开玩笑。结果第二天，安吉洛就给我打电话说他暂时不想见到我。于是我就爆发了，把埃米利奥跟我说的事情和他对质，听完后，他有些结巴，但最终还是承认了。可他恳求我有点耐心，说他和埃琳娜不过是逢场作戏……但是我比较固执，于是我们就分手了。"

"你们从此就没再见过？"

"没有，我们甚至都没再说过话。"

"那你和埃米利奥·斯克拉法尼还保持朋友关系吗？"

"是的，但是从此我再也没有邀请过他吃晚餐了。"

"安吉洛死后，你和埃米利奥·斯克拉法尼见过面吗？"

"是的，今天早上还见过。"

"他看起来怎么样？"

"心烦意乱。"

蒙塔巴诺没想到宝拉会这么快回答。

"怎样的心烦意乱？"

"别想歪了，警长。埃米利奥心烦是因为他夫人失去了情人，仅此而已。埃琳娜可能向他坦白了她对安吉洛的依赖，多么善妒——"

"谁告诉你她很善妒的？埃米利奥？"

"埃米利奥从未和我说过埃琳娜对安吉洛的感觉。"

"是我说的。"米凯拉再次插话道。

"她还告诉了我埃琳娜写给安吉洛的信的大概内容。"

"说到这，您看到过埃琳娜写给安吉洛的信吗？"米凯拉问道。

"没有。"蒙塔巴诺说道，他在撒谎。

在这件事情上，他的直觉告诉他，他把水搅得越浑越好。

"她一定是把信都扔了。"米凯拉信誓旦旦地说。

"为什么？"警长问。

"您说的'为什么'是什么意思？"米凯拉反问道，"那些信很可能成为证明她是凶手的证据！"

"但是，你知道吗，"蒙塔巴诺装作一脸无辜的样子，"埃琳娜已经承认了她给安吉洛写过这些信，而且信里确实包含着嫉妒和死亡威胁的内容。如果她敢于承认的话，她又有什么理由要扔掉这些信呢？"

"是吗，那，您还在等什么？"米凯拉说，她那如同砂纸般粗糙的声音再次响起。

"做什么？"

"把她抓起来！"

"这里还有一个问题。埃琳娜说这些信其实是某人让她写的。"

"谁？"

"安吉洛。"

这两个女人表现出了截然不同的反应。

"荡妇！贱人！骗子！"米凯拉尖叫着一跃而起。

宝拉则深深地陷进扶手椅之中。

"安吉洛脑子有病？竟然让埃琳娜给他写满是嫉妒之言的信？"她问，好奇之意远胜于迷惑。

"埃琳娜也没有告诉我为什么。"蒙塔巴诺再次撒了谎。

"她不告诉你原因是因为这一切都是假的！"米凯拉说，不，此时应该说她是在尖叫。

她的嗓音变得极度危险，再次由砂纸般的粗糙转变成了磨石般的尖锐。如果不再渴望目睹希腊悲剧中的其他场景，蒙塔巴诺认为他应该对自己今晚的调查感到很满意了。

"你能把她们的地址写给我吗？"他问米凯拉。

这个女人满脸的疑惑与不解。

"还记得吗？有两个女人，其中一个，我记得好像是叫斯特拉……"

"哦，好，我马上就写。"

她离开了房间。

宝拉稍微向前靠了靠，轻声地对他说：

"我需要和您谈谈。明天早上您能给我打电话吗？明天我不用去学校上课，电话本里有我的号码。"

米凯拉回来时手里拿着一页纸，然后她把这页纸递给了蒙塔巴诺。

"这是安吉洛旧爱们的地址。"

"还有谁是我不知道的吗？"宝拉问道。

"我觉得安吉洛并没有向你隐瞒过他的情史。"

蒙塔巴诺起身，和她们认真地告了别。

※

天气变得如此潮湿以至于待在阳台上也没有什么意思了，即便它已经被封上了。警长走进屋，在书桌旁坐下。毕竟，不管是在室内还是室外，他的大脑都在运转着。实际上，在过去的半小时内，他的头脑里一直有两个小人在不停地打架。

争论的话题就是：在调查期间，真正称职的警察究竟要不要做笔记？

比如，他本人就从来没有做过笔记。实际上，当那些比他更优秀的人在做笔记时，他还会感到愤怒。

但那都是过去式了。因为他现在已经意识到做笔记的必要性了。他为什么会突然有此转变呢？我亲爱的华生，这是因为他开始意识到他总是忘记一些重要的事情。哎，一位老朋友，一位好警长。此时是下午五点[1]，到了整件事的关键所在。当一个人开始表现出遗忘事情的迹象，那么岁月加之在他身上的重量便显现了。这一点，是否曾有过一个诗人或多或少的提及过呢?

雪花是如何逐渐地压倒枝丫?
时光是如何亲密地折弯脊梁?
年轻的岁月就这么悄然远去。

或许，争论的话题也最好改一改：调查期间，老年警察是否应该做笔记?

把年龄加到调查的影响因素中，对蒙塔巴诺而言，做笔记是再合适不过的了。不过，这也就意味着他开始对衰老无条件投降了。他不得不找一种折中的办法，突然，他想到了一个绝佳的主意。他拿起纸笔开始给自己写一封信。

亲爱的蒙塔巴诺警长：

我知道，此刻你正因为衰老在敲你的门而感到头晕目眩，但我还是要善意地用你现在读到的这封信来提醒你，不要忘记你的责任，而且我还要提醒你一些你在调查安吉洛被杀案时发现的几点。

---

1 译者注：《下午五点》是西班牙诗人费德里戈·加西亚·洛尔卡的一首诗歌，本是怀念死于斗牛场的斗牛士伊格纳西奥·桑切斯·梅里亚斯的一首歌。下午五点是斗牛开始的时间。诗中描写了大量喧嚣的场景，最后以悲剧收尾。

第一，安吉洛是谁？

他以前当过医生，后来因为让一个女孩怀孕，擅自做流产手术而被吊销了医生执照（因此你必须要找住在巴勒莫的特里萨·卡西亚托雷谈一谈）。

后来他当了医药线人，挣得钱远比他告诉他妹妹的要多。实际上，他挥霍了他的大部分钱财，给他最后一个情人埃琳娜·斯克拉法尼买了很多昂贵的礼物。

他很可能在别的银行还有账户，但是现在我们还没有查到。

他很可能还有一个保险箱，当然，这个我们目前也还没有发现。

他死于枪杀，面部中枪。（这个重要吗？）

他死时生殖器暴露在外。（这一点很重要，但是究竟意味着什么？）

凶手的杀人动机可能有以下几点：

a) 情杀。

b) 灰色收入以及回扣，这一点是尼科洛想到的，很值得推敲。（要与马歇尔·拉格纳商量。）

他的电脑设了密码。（究竟是为了什么？）

他有三个文件设置了密码。坎塔雷拉已经破译了的第一个文件的密码全是代码形式。

这就意味着安吉洛·帕尔多绝对想隐瞒一些事情。

最后一个注意事项：为什么埃琳娜写的信会被藏在

他汽车后备厢的橡胶铺垫下面？（我有预感这一点很重要，但是我也说不清楚为什么。）

请原谅我，亲爱的警长，关于谋杀的第一部分如果有些混乱，是因为我想到哪儿就写到哪儿了，没有任何逻辑顺序。

第二，关于埃琳娜·斯克拉法尼。

也许你会奇怪，为什么我要把埃琳娜·斯克拉法尼写为第二部分。我明白，我的朋友，你的心被这个女孩照亮了。她漂亮（好吧，是惊艳——我不会介意你纠正我），当然，你会尽你最大的可能排除她的杀人嫌疑。你喜欢她谈论自己时的真诚。但是，你有没有想过，这种真诚可能是误导你接近真相的一种深思熟虑的策略，与它的反面，也就是撒谎，本质相同？你以为我现在是在和你谈论哲学吗？

好吧，接下来我将残忍地扮演警察这一角色。

毫无疑问，在埃琳娜的来信中，她出于嫉妒对情人发出了死亡威胁。

虽然埃琳娜承认自己写了这些信，但她说这些信是安吉洛让她写的。这一点没有得到证实，因此它仅仅是没有得到查证的片面之词罢了。至于她所说的安吉洛让她写这封信的理由，你必须承认，亲爱的警长，很荒谬。

谋杀案当晚，埃琳娜没有不在场证明（小心：你要记住，她在隐瞒一些事情，别忘了！）她说自己开车出去四下逛逛，没有明确的目的地，她只有一个目的，那就是向自己证明：即便没有安吉洛，她同样也可以生活得很好。她说案发当晚没有不在场证明，这真的对你毫无意义吗？

至于埃琳娜的盲目嫉妒，不仅信件的内容可以证实这一点，米凯拉的证词也可以证实这一点。证词有争议，这一点千真万确，但这在公诉人的眼中还是有分量的。

你是否还要我描述一下相关情节，亲爱的警长？你听了一定会不高兴的。等一下，假设我是公诉人托马塞奥。

被疯狂的嫉妒所驱使，埃琳娜在确定安吉洛对自己不忠后，那天晚上，她带着武器——至于她从哪儿以及怎样获得武器的，我们稍后再议——前往安吉洛家，伺机动手。她先打电话告诉安吉洛说今晚没法过去，然后安吉洛上当了，他带了别的女人回家。为了稳妥起见，安吉洛带着别的女人进了露台上的那间屋子里。出于某种原因，这两人没有发生性关系，但是埃琳娜并不知道。总之，这个细节是无足轻重的。当那个女人离开后，埃琳娜潜入那栋大楼，上了露台，不知与安吉洛有没有发生争吵，然后开枪射杀了他。出于泄愤，她拉开了安吉洛的裤链，把矛盾的焦点——死者的生殖器掏了出来。

我个人觉得，这个情景重现漏洞百出。但你难道指望托马塞奥检察官看不出来吗？哎呀，这个人一定会揪住这点不放的。

伙计，恐怕你的埃琳娜处境不妙。

至于你，如果我可以这么说的话，你并没有履行你的职责，即告诉公诉人全部案情。最糟糕的是，我很了解你，你压根儿就没打算履行。可那是你的职责啊！

因此，我所能做的就是记录下你可悲的、偏颇的行为。

剩下的事就是尽快查明真相。小歌词本中写的密码究竟指的是什么？坎塔雷拉破解的第一份文件的内容又有什么含义？

第三，关于米凯拉·帕尔多。

尽管这个女人身上明显有着希腊悲剧般的特质，但就目前情况来看，你不必考虑她谋杀兄长这一点。毫无疑问，米凯拉为了维护哥哥的名誉愿意做任何事情，但是她知道她哥哥的商业交易情况远比她现在告诉我们的要多。此外，你，亲爱的朋友，怀疑米凯拉利用你愚蠢的行为已经从她哥哥家里抹去了对破案最为至关重要的一些东西。

但是，我只能说到这里了。

不管怎样，还是祝你成功！

你的挚友

萨尔沃·蒙塔巴诺

11

第二天早上，闹钟响了，蒙塔巴诺醒了过来。他没有立刻起床，而是静静地躺在床上，免得想到令他不快的年岁渐长、衰老、痴呆、死亡等想法。

他在想那位与众不同的教师埃米利奥·斯克拉法尼。尽管他还没有和这个人进行友好的交谈，但是这个人却是不容忽视的。是的，好的教师值得引起人们的关注。

首先，他阳痿早泄，却喜欢与年轻女孩结婚——无论是第一段婚姻还是第二段婚姻——从年龄上看，她们都可以当他的女儿了。他的两位妻子都有着共同的特点，那就是在遇见这位教师的时候都处境困难，至少可以说，是这位教师帮助她们摆脱了困境。他的第一任妻子出身贫寒，第二个却误入歧途沦为妓女以及瘾君子。最重要的是，埃米利奥通过与她们结婚让这两个女孩对他感恩戴德。我们就实话实说吧，这位教师是在进行间接的敲诈，不是吗？即便她们知道他的短处，他仍要求她们委身于他以此来帮助她们自己摆脱贫穷和困境。这就是埃琳娜讲的他所谓的善良和善解人意！

其次，是他自己为他的第一任妻子选择了一个男人来满足年轻女性的自然生理需求，但这绝不是慷慨。实际上，他仅仅是为了牢牢掌控住他的妻子。此外，还可以说这是他满足配偶的一种方式，通过第三方的介入来达到目的。而且，他的妻子被要求与那个男人见面时要事先通知他，还得向他描述见面后的细节。的确，他的妻子在一次没提前通知他的情况下与那个男人见面，这激怒了埃米利奥，于是事情急转直下。

结束第一段婚姻后，埃米利奥允许他的第二任妻子自由挑选男性伴侣，即使妻子不提前告诉他她和那男人见面的时间与地点，他也丝毫不嫉妒（这还能怎么说呢？）。

但是，明明知道自己有生理缺陷，这位"非凡"的教授为什么还愿意结两次婚？

或许第一次，用埃琳娜的话来说，是期待奇迹的降临，我们暂且先不谈。但是，第二次呢？他为什么没有吸取教训，变得聪明一些呢？比如，他为什么不和一个年纪大一点、性欲大幅减退的寡妇结婚呢？难道他需要嗅着与他同床共枕的年轻女孩的体香才能安然入睡？他以为他是谁？伟人吗？

不管怎样，前一天和宝拉——那个红头发女人——的谈话（提到她，蒙塔巴诺一定不能忘记，她希望他给她打电话）产生一个矛盾点，现在还不知道这一点是否重要。也就是说，埃琳娜从不和安吉洛外出吃饭或者看电影是为了不让别人戳埃米利奥的脊梁骨，然而，宝拉却说她是从埃米利奥那里得知安吉洛和埃琳娜的私情的。因此，当这位妻子在想方设法不让自己的私情成为全镇人的谈资时，她的丈夫却向别人坦言了他妻子的不当行为。

何况，据宝拉所言，这位教师还会因为妻子情人的惨死而心烦意乱。这正常吗？

他起床，喝了一杯咖啡，洗了个澡，刮了胡子。正当他将要出门时，一阵困意来袭。突然，他不想去办公室了，不想见任何人，也不想和任何人交谈。

他出门来到阳台上。天空梦幻得宛如青瓷。他决定放纵一下。

"坎塔雷拉吗？我是蒙塔巴诺，今天我会晚点去上班。"

"啊啊啊，警长，警长，我想说——"

还没等坎塔雷拉说完，警长就挂断了电话。然后，他拿起那两张坎塔雷拉打印出来的纸和死者的小歌词本，把它们放到阳台上的桌子上。

他再次回到屋里，拿出电话簿，找到他想找的号码，然后拨了出去。在等待接听的时候，他看了下手表：九点整，打给那位女老师正好。她今天不上班应该在家。

电话响了很久，但无人接听。就在蒙塔巴诺快要失去耐性的时候，电话的另一头传来了声音。

"喂？"是一个男人的声音，听上去有点喝醉了。

警长没有预料到会这样，突然觉得有些疑惑。

"喂？"男人再次问道，这次不但听上去醉醺醺的，还有点生气了。

"我是蒙塔巴诺警长，我想找——"

"你找宝拉？"

"是的，如果不——"

"我去叫她来接电话。"

之后是长达三分钟的沉默。

"喂?"一个女人接了电话,但是蒙塔巴诺听不出来她是不是宝拉。

"是宝拉·托里西吗?"他有些疑惑地问道。

"是的,警长,是我,非常感谢您能打给我。"

但是她的声音与前一天晚上的很不一样。今天她的声音略带沙哑、深沉以及性感,听起来就像是刚……他突然意识到,或许早上九点并不是打给休息在家的老师最合适的时间,她或许在忙着做别的事情。

"抱歉,如果我打扰了你……"

她咯咯笑了。

"没什么大不了的。我想和您说点事情,不过不能在电话里讲。我们能在什么地方见一面吗?我可以去警局的。"

"今天早上我不在局里。或许我们可以在上午晚些时候在蒙特鲁萨见面。你决定地点吧。"

他们决定中午在中央大道的一家咖啡馆见面,这样宝拉可以按照自己的节奏完成之前被蒙塔巴诺打断的事,甚至还可以再来一次。

在她忙来忙去时,他决定找帕斯夸诺医生谈谈。当然,打电话总好过见面。

"有什么故事,医生?"

"《小红帽》或者《白雪公主与七个小矮人》,随你选。"

"不，医生，我的意思是说——"

"我知道你是什么意思。托马塞奥已经知道我做了我该做的事情，他明天就会拿到报告的。"

"那我呢？"

"让托马塞奥给你复印一份。"

"但是您能不能告诉我——"

"告诉你什么？你不是已经知道死者死于近距离的面部中枪吗？或者是你想要让我用专业术语来给你解释那些你不明白的事情？我不是还告诉过你，尽管他的阴茎外露，但是它什么也没做吗？"

"您发现那子弹了吗？"

"是的，我已经把它交给法医了。它射穿了死者的左眼，死者的头部被射裂了。"

"还有别的吗？"

"如果我告诉你的话，你能保证十天之内不再来烦我吗？"

"我保证。"

"好，他们并没有立刻杀死他。"

"您这是什么意思？"

"他们在死者的嘴里塞了一块大手帕或者一块白布，以阻止死者大喊大叫。因为在死者的齿缝里，我发现了一些白色衣料的碎丝。这些碎丝已经被送去实验室化验了。但他们将他射杀后，又从他的嘴里把布料拿出来带走了。"

"我还能问您一个问题吗？"

"最好是最后一个问题。"

"您为什么用的是复数？难道您认为杀手不止一人？"

"你真的想知道为什么吗？这会让你疑惑的，我的朋友。"

他真卑鄙，帕斯夸诺，他总是享受这么折磨人的过程。

但是，安吉洛死前嘴里被塞上了破布，这可不是一件小事情。

这也就意味着，凶手并不是一时冲动才开枪的。我来了，我开了，我走了。晚安。

不，无论是谁杀了安吉洛，都肯定是有事情要问他，并且想从他那里知道些什么。这都需要些时间来查证。这也就解释了为什么歹徒们用破布堵住安吉洛的嘴，强制他听他们的问话，并且只有在安吉洛回答问题时，他们才把破布从他嘴里拿出来。

或许安吉洛在回答完问题后还是被杀了。又或者是他不知道或不能回答他们的问题才招来了杀身之祸。但是，为什么他们杀了安吉洛后还拿走了破布呢？难道他们是想把警察引到错误的调查方向吗？或者更准确地说，他们是想故意制造一种假象，让警察认定这是一桩冲动杀人案？尽管已经得到了证实，但是如果警察发现了死者口中的破布的话，这种犯罪的前提不就立刻被推翻了吗？或者死者口中的破布不是真的破布？或许是一块标有姓名首字母的手帕，这样的话，凶手的姓名就会被查出来了。

他想休息一会儿，于是又来到了外面的阳台上。

他坐了下来，略带沮丧地研究着坎塔雷拉给他的那两张打印出来的纸。他对数字从来都不敏感。他还记得读中学时，当他的朋友们正在学习溃疡，哦，不，不是溃疡，溃疡是长在嘴巴里的东西¹。咦？那些东西叫什么来着？哦，对了，横坐标。当他的同学们都开始学习坐标时，他还在费劲地背着和数字8有关的乘法表。

第一页上，左边的纵列有 38 个数字，与右边纵列的 38 个数字一一对应。

第二页上，左右两边各有 32 个数字。因此，左边一列共有 70 个数字，右边一列也有 70 个数字。蒙塔巴诺为自己的发现感到庆幸，与此同时，他也不得不承认，即便是三年级的小孩子也能得出同样的结论。

半小时后，他有了一个新的发现，这带给了他极大的满足，就像是马可尼意识到自己发明了无线电或其他什么东西，高兴得不得了。他发现，左边一栏的数字是有重复的，一共只有 14 个不同的数字组合，每个组合出现 5 次。重复数字不是连续的，而似乎是随机分布的。

他从这些数字中随便抽了一个出来，把它写在一张纸的背面，总共出现了几次就写几次。随后，蒙塔巴诺把右边对应的数字也写在了旁边。

213452	136000
213452	80000
213452	200000
213452	70000
213452	110000

---

1 译者注：溃疡是 abscesses，横坐标是 abscissas，读音相似。

他似乎明白了：左边的数字是密码，右边的数字则是钱数。钱的总数为 596000。如果是这么多里拉的话，钱并不多，但如果是这么多欧元的话，这笔钱就超过了十亿里拉，那是相当大的一笔财富了。后者的可能性更大一些。看来，安吉洛和这位 213452 先生之间的商业交易达到了上述钱数。此外，还有十三位密码先生，每个人的金额大概也是这么多。如此算来，安吉洛经手的业务总额约 120 亿至 130 亿里拉，即 600 万至 650 万欧元。然而，这笔钱得谨慎地藏起来。假设一切都与他的猜想一致，那些数字指代其他东西也不是不可能的。

他的眼睛开始变得模糊，开始无法集中注意力在数字上了。他累了。他思忖着，按照这个速度，要解开这些密码的含义得花费他三到五年的时间。那时虽然一切都会尘埃落定，但他肯定成了一个瞎子，而且走路得依靠拐杖和导盲犬。

他把这些东西又拿回了屋里，关上了通往阳台的门。然后走出家门，开车离开了。因为离跟宝拉的见面还有一段时间，所以他以每小时五公里的速度缓慢地开着车，跟在他后面的车主都快要被他逼疯了。每一个开车经过他的司机都觉得义务骂他一番。

因此，他：

在卡车司机看来，是个同性恋；

在牧师看来，是个混蛋；

在女士看来，是个奸夫；

而在口吃的人看来，他就是个傻傻傻傻叉。

对于这些辱骂，蒙塔巴诺都是左耳进右耳出。但是，有一句戳中了他的心，让他发狂。一个六十多岁且相貌尊贵的人开到他旁边，冲他喊了一句：

"傻驴！"

傻驴？他怎么敢这么骂他？警长试图赶上他，于是他一脚踩下油门，把速度提到了每小时二十英里，但还是没有追上。然后他逐渐减速，以平常巡逻时的速度行驶着。

到达中央大道后，蒙塔巴诺一时没有找到停车位，很久之后才找到了一个合适的地方，但这地方距离见面的地点很远。当他最终到达见面地点时，宝拉已经坐在那里等着他了。

她点了一杯普罗塞克葡萄酒，蒙塔巴诺也点了一杯。

"早上，卡洛一接电话发现是警察时，着实吓了一大跳。"

"对不起，我并没打算——"

"哦，他就是那样的人。他是个乖孩子，但是只要看见警车驶过，他就会不安。没有任何缘由。"

"也许可以提取一点他的 DNA 研究研究。"蒙塔巴诺说，"他的祖先中可能有歹徒，你有时间可以问一问他。"

他们都笑了。所以，在不用上课的日子里占据了女老师休息时间的那个男人叫卡洛。这个话题结束，他们开始谈论手边的事情。

"昨晚，"宝拉说，"当知道了安吉洛让埃琳娜写那些信时，我真的觉得很不舒服。"

"为什么？"

"因为，虽然米凯拉的观点不同，但我认为埃琳娜说的是真的。"

"你是怎么知道的？"

"您看，警长，当年我和他在一起时，我也给他写过很多信。我一度很喜欢给他写信。"

"但是我在搜查死者的家时，一封也没有发现。"

"这些信被退回来了。"

"安吉洛退的？"

"不，是米凯拉退的。在他哥哥和我分手后，她不想让这些信落到埃琳娜手里。"

米凯拉真的是无法容忍埃琳娜。

"你还没有告诉我，为什么你会觉得不舒服。"

"好吧，有些信是安吉洛口述而我执笔写的。"

埃琳娜得一分！确凿无疑！因为对手自己都承认了。

"或者，"宝拉继续说，"他给我一个框架，我自己写。但是自从我和他分手后，我就没跟米凯拉提过这起小的密谋事件。"

"你昨晚本可以说的。"

"如果我说我昨晚真的是没勇气说，您会相信吗？米凯拉是如此确定埃琳娜在说谎……"

"你能描述下信的内容吗？"

"当然可以。安吉洛曾经要去荷兰出差一周，米凯拉很明确地表示她也要跟着去。所以他让我写一封信，说我向学校请了十天假，这样我就可以陪他出差去了。但那不是真的，因为当时正好是考试周，学校是不会同意我在考试周请假十天的！总之，安吉洛和我说，他会把这封信拿给他妹妹看，这样他就能如他所愿独自出差了。"

"那万一米凯拉在安吉洛出差期间在蒙特鲁萨遇见你怎么办，你怎么向她解释？"

"安吉洛和我早就考虑到了。我会说到最后关头学校又不准假了。"

"你真的不介意他独自出去？"

"呃，我确实，当然，会有点介意。但我也知道，能有几天远离傲慢的米凯拉对安吉洛来说是非常重要的。"

"傲慢？"

"警长，我不知道该如何向您形容。像'苦情''喜爱''深爱'这样的词都不足以形容这种感觉。它们都不符合。米凯拉觉得照顾她哥哥是一种义务，她把他看作是小男孩。"

"她在怕什么？"

"没有，我也不知道。我的解释没有任何科学方面的依据，请注意，我并不懂什么心理分析，但在我看来，她的行为源于没有当上母亲，然后她把母性完全地转移到了她哥哥身上。"

她再次咯咯笑了。

"我经常想，如果我嫁给了安吉洛，我婆婆只是个可怜的、无足轻重的人，她不会束缚我；但要摆脱我那小姑子的掌控却是极难的一件事。"

她停了下来。蒙塔巴诺知道她在酝酿词句。

"安吉洛死后，我以为米凯拉会崩溃。但是，事实却截然相反。"

"什么意思？"

"她恸哭、歇斯底里、号啕大哭，这都没错，但同时我感觉到在潜意识层面上她似乎也得到了解放，像是她终于摆脱了一个包袱。她似乎更平静、更自由了。您能明白我说的话吗？"

"完全理解。"

但是，莫名其妙，一个疑问突然闯入了他的脑海。

"米凯拉有过男朋友吗？"

"您为什么这样问？"

"不知道，就是有些疑惑。"

"她和我说过，她十九岁时爱上过一个二十一岁的男孩。他们谈了三年的恋爱。"

"他们为什么分手了？"

"他们没有分手。那个男孩死了。尽管那个男孩是个很有天赋的摩托车手，但他特别喜欢加速，加到一个特别快的速度。我不清楚那场车祸的细节，但是从那以后，米凯拉再也不想和任何男人亲近了。我觉得，也就是从那时起，她对可怜的安吉洛加倍警觉，直到她变得让人窒息。"

"你真是一个聪明的女人。你绝不会被别人牵着鼻子走，而且你和安吉洛分手是你深思熟虑的结果。"蒙塔巴诺看着宝拉说。

"您的这番话真是令人伤心，"宝拉带着她一贯的笑容，"您意指什么？"

"我想要个答案。安吉洛·帕尔多究竟是个怎样的人？"

她似乎对这个问题一点也不感到惊讶。

"我也问过自己同样的问题，警长。当然，我并不是指安吉洛因为埃琳娜离开我的时候。因为到那时为止我知道安吉洛是个怎样的人。首先，他是一个野心勃勃的人。"

"我从没想过他是这样的人。"

"那是因为他并不想显露出来。我觉得他被赶出医学协会后很痛苦。这断送了他当医生的光明职业前景。但是，您看，即便是他后来从事的职业……比如，他在一年之内获得了全西西里岛两家跨国制药企业的专有代表权，不仅限于蒙特鲁萨和本省。"

"他告诉你的？"

"不，他和苏黎世以及阿姆斯特丹的企业进行电话会议时，我无意间听到了很多。"

"那你是从什么时候开始问自己安吉洛·帕尔多究竟是个怎样的人的？"

"当他被杀时。事情开始以一个不同的视角呈现出来。以前你认为得到了解释的事情现在，在他死后，变得不再那么容易解释了。"

"比如？"

"比如，他会消失一段时间，回来后什么也不告诉你。你连一个字都无法从他嘴里撬出。最后，我都相信他是去见别的女人了，并且有了段露水姻缘。但是，自从他死于那种方式后，我就不再确信他和别的女人有染了。"

"他那时在做什么？"

宝拉绝望地举起了双手。

12

　　吃饭前,蒙塔巴诺去了一趟警局。坎塔雷拉已经在电脑前睡着了,仰着头,张着嘴,一丝口水顺着他的嘴角流到了下巴上。蒙塔巴诺从他身边经过时,他也没醒。不过,下一通来电会叫醒他的。

　　蒙塔巴诺的桌子上有一个深蓝色的帆布包。包的正面贴着一张皮革的标签,上面写着"三文鱼屋"。他打开这个包,发现这个包竟然是隔热材料的。包里面有五个圆形的、透明的塑料罐,其中一个装有各色酱料腌制的鲱鱼段,还有一个里面装有一整条熏三文鱼。此外,还有一封用玻璃纸包好的信。

　　他拆开了信。

**　　来自瑞典的爱。英格丽。**

　　很显然,英格丽在瑞典找到了一个西西里人,并让这个人把礼物送了过来。他突然异常想念英格丽,以至于这种思念都冲淡了打开一个罐子品尝鱼肉的念头。她什么时候才打算回来呢?

　　没有再去饭店的必要了。他必须飞速赶回家,然后把包里的东西都放进冰箱里。

拿出信，蒙塔巴诺发现信下面还有三张纸。第一张是坎塔雷拉写的。

　　警长，鉴于我不知道您是否亲自回办公室，所以我把第二份文件的打印件给您。昨晚我一直在通宵破解第二份文件的密码，终于成功了。

其余两张纸上全是数字。和之前的一样，分为左右两栏。左边的数字和第一份文件上一模一样，他从口袋里拿出今早研究过的那张纸仔细比对着。

左边的数字完全一样。只有第二栏的数字改变了。但是这一次他并没有感觉到头疼。

他把这两次的文件以及小歌词本都放到桌子上，拿起帆布包，走出了办公室。在路过入口的小隔间时，他听到坎塔雷拉在大声叫嚷着。

"不，长官，不，长官。我很抱歉，我们警长不在。今早他打电话了，说上午不来局里。好的，长官。我会告诉他的，您放心吧。绝对没问题，我保证把您的话转达给他。"

"是打给我的吗，坎塔雷拉？"蒙塔巴诺走到坎塔雷拉面前问道。

坎塔雷拉惊讶地望着他，好像他是从死里复活的拉扎勒斯。

"我的上帝啊，警长，您是从哪儿冒出来的？"

这个解释太复杂了，难道要和他说，警长回来时，你正因为通宵破解密码累得筋疲力尽而呼呼大睡吗？况且，勤勉的坎塔雷拉绝不会承认他在接线总机前工作时打盹。

"谁打来的？"警长问道。

"拉特……斯博士传达指示。他说局长今天没法见您了。你们的见面被安排到了明天，和今天同样的时间。"

"坎塔雷拉，你没发现你很有才吗？"

"是因为我今天巧妙地回答了拉特……斯博士的电话吗？"

"不，是因为你成功地破解了第二份文件的密码。"

"啊！警长，我真是彻夜研究，您都想象不到这个密码有多难破解。虽然看起来和第一个密码很相似，但其实是——"

"稍后再和我说，坎塔雷拉。"

他害怕耽误时间。包里的鲱鱼和三文鱼快要被捂坏了。

他一到家就打开了第一个罐子。诱人的香味扑鼻而来，他马上感到要赶紧拿出盘子、叉子，再配上一条面包大快朵颐。

最后，他决定有一半的食物不需要放进冰箱，而是应该直接进他的肚子里。他只把三文鱼放进了冰箱，然后摆好餐桌，拿着食物走到了阳台上。

好肉质的鲱鱼经过糖醋的浸泡、芥末的洗礼以及其他调味料腌制后，味道绝佳。他今天可是有口福了。他只想一口气把它们全都吃完，但是转念一想，他可能一下午，甚至到晚上都会像在沙漠里迷路了好几天的人一般口渴得不行，便放弃了这个想法。

所以，他把吃剩下的都放进了冰箱。吃饱后，他没有沿着码头散步消食，而是选择到沙滩上走一走。

散完步后，他回家冲了个澡，在四点半回警局前，他一直在家里懒洋洋地躺着，无所事事。回警局后，蒙塔巴诺没看到坎塔雷拉，反而在走廊上碰见了阴着脸的米米·奥杰洛。

"怎么了，米米？"

"你从哪儿来的？你在做什么？"奥杰洛满腔怒火地回击道，跟着警长进了他的办公室。

"我来自维加塔，我是一名警察。"蒙塔巴诺轻声哼着《苍白的小淑女》的曲调。

"得了，恢复正常吧，现在可不是开玩笑的时候，萨尔沃。"

蒙塔巴诺担心起来。

"孩子还是不舒服吗？"

"孩子好极了。是我感觉不好。在见了利果里之后，我才是遇到麻烦了。他简直疯了！"

"为什么？"

"看，我问你跑哪儿去了还真是问对了！你难道不知道昨天在法纳拉发生了什么吗？"

"不知道。"

"你没看电视？"

"没有，快说，发生什么了？"

"迪·克里斯托福罗议员死了。"

迪·克里斯托福罗！电信局副局长！执政党内的冉冉新星！更不用说，据小道消息称，他活着的时候，在那个圈子里声誉颇高。

"可是他还不到五十岁啊！他是怎么死的？"

"官方说法是他死于心脏病突发。在繁重的政治任务压力下，他一直秉公为民、恪尽职守……不幸的是，他死于和尼科特拉同样的疾病。"

"见鬼！"

"所以，你现在明白了吧。为什么利果里感觉如坐针毡，让我们尽快在更多国家级大人物受害前把毒贩抓起来了吧！"

"听着，米米，那些人吸食的是不是可卡因？"

"是的。"

"但是我听说可卡因并不会——"

"我也是这么想的，除了利果里。他可真是个十足的混蛋，但很了解自己的工作。他和我解释，如果服用不当，或者与其他毒品混合服用，可卡因就会成为毒药。而且实际上，斯特凡诺·尼科特拉和迪·克里斯托福罗都是被毒死的。"

"但是我不明白，米米，毒贩杀了自己的主顾又会有什么好处呢？"

"显然，这不是故意的，是意外。利果里说，这个毒贩不光贩毒，还干以次充好的事，把一斤货变成二斤卖出去。当然，他的手段可不太高明。"

"所以因毒品死亡的可能还有其他人。"

"这是当然。"

"实际上，这个事麻烦就麻烦在他的主顾都是些大人物：政客、商人、权威专家，等等。"

"你继续说。"

"但是，利果里是怎么断定毒贩在维加塔呢？"

"他只是说根据一位线人提供的线索推理出来的。"

"祝你好运，米米。"

"你什么意思，什么叫'祝你好运'？这就是你要说的吗？"

"米米，昨天我已经和你说过了我要说的话。小心行动！这不是警方应该插手的事。"

"这不是？那什么才是？"

"这是特工的事，米米。在暗处活动的那些家伙可是斯大林的人。"

米米的脸沉了下来。

"斯大林想怎么样？"

"一位在二战中阵亡的美国将军曾说过，当一个人成为麻烦的时候，你只能通过消灭他来解决这个麻烦。"

"那接下来我该怎么做？"

"我已经告诉过你了。我再重申一遍，唯一的办法就是杀了那个毒贩，或者让别人杀了他。你好好想想吧。让我们假设，你按照指示抓了他。但当你在写报告时，你可不能把斯特凡诺·尼科特拉和迪·克里斯托福罗的死归在他身上。"

"不能？"

"不能。米米，你怎么比那个卡拉布里亚人还笨。斯特凡诺·尼科特拉参议员和迪·克里斯托福罗众议员都是有名望的大人物，他们集美德于一身、是教会、家庭、公众的好榜样。他们不能和毒品有任何关联。如果需要的话，会有成千上万的人来为他们作证。所以，你要权衡利弊，然后妥善结案，粉饰他们的死因。你写上那家伙是个毒贩就好，仅此而已。但是，如果这个毒贩向检察官说了呢？万一他脱口而出提及了斯特凡诺·尼科特拉和迪·克里斯托福罗呢？"

"没人会主动承认自己牵涉两起凶杀案的，就算是过失杀人，也不愿意！你在说什么呢？"

"好，就算他不会主动认罪，但也会有人把这个毒贩和两位议员的死亡联系在一起的。别忘了，米米，斯特凡诺·尼科特拉和迪·克里斯托福罗可是有很多政敌。在我们这个地方，不，还有其他地方，政治都是一门把敌人踩到狗屎里的艺术。"

"政治和我又有什么关系？"

"关系大了，只是你自己没意识到罢了。像是在这样的案子里，你知道自己扮演了什么样的角色吗？"

"不知道，我的角色是什么？"

"你负责提供狗屎。"

"你说得太偏激了。"

"偏激？一旦曝光斯特凡诺·尼科特拉和迪·克里斯托福罗议员吸毒并因此暴亡，人们的谩骂就会像当初对他们的颂扬一样纷至沓来。这就是你逮捕毒贩的后果。最多三个月后，斯特凡诺·尼科特拉和迪·克里斯托福罗同党派的人会宣称，斯特凡诺·尼科特拉服用少量毒品是出于其药用价值，同样的，迪·克里斯托福罗则是为了治疗他的趾甲内生长。我们说的是毒品的药用价值，而不是它的副作用。然后，他们的形象开始逐渐恢复。人们开始指责你。是你在他们亲爱的议员们去世时故意给他们泼脏水。"

"我？！"

"当然了，就是你，退一步说，是你进行了一场粗心的抓捕活动。"

奥杰洛站在那里，沉默不语。蒙塔巴诺得分。

"你难道不知道'清廉'法官的事吗？他们因为一些被告的心脏病突发和畏罪自杀而受到谴责。被告贪污腐化，理应下狱服刑这一事实却被无视了。这些敏感脆弱的家伙声称，真正的罪犯不是因羞愧而自杀的被告，而是让被告感到羞愧的法官。这个话题的讨论就此结束。如果你能听明白，那就说明你明白了。如果你没听明白，我也懒得再向你解释了。你出去吧，我要开始工作了。"

米米一言不发地离开了，脸色比进门前还要阴沉。蒙塔巴诺盯着那四张密密麻麻写满了数字的纸，还没发现什么。

研究了五分钟后，他厌恶地把这些纸丢在了一旁，给总机打了个电话。一个他听不出来的声音接的电话。

"听着，我要你替我找到巴勒莫一个名叫马里奥·夏卡的承包商的电话。"

"家庭电话还是办公电话？"

"家庭电话。"

"好的。"

"只给我找电话号码就可以了，懂吗？如果你找不到他家里的电话，你就给巴勒莫的同事打电话，让他们找。找到后我自己打给他。"

"明白了，警长。您不希望他们发现是警察打的电话。"

聪明的孩子。很了解他。

"名字是什么？"

"夏卡，警长。"

"我问的是你的名字。"

"阿马托，警长。我一个月前才参加工作。"

他做了个备注，打算和法齐奥谈一谈这个阿马托。这个孩子可以被分到行动组中来。几分钟后，电话响了。阿马托找到了马里奥·夏卡家的电话号码。

警长打了过去。

"谁啊？"一个老年妇女接了电话。

"请问这是夏卡家吗？"

"是的。"

"我是安东尼奥·沃尔普。我想找特里萨夫人。"

"我儿媳妇不在家。"

"她外出了吗？"

"是的，她去蒙特鲁萨了，她爸爸病了。"

太幸运了！省得他再跑一趟巴勒莫了。他拿出电话簿，里面有四个叫卡西亚托雷的人，他必须耐住性子一个个打过去。

"请问是卡西亚托雷家吗？"

"不，这里是米斯特雷塔家。听着，这事真让人讨厌！"一个男人生气地说道。

"我能问一句，是什么事吗？"

"就是你打这电话要找的这家人，他们一年前就搬走了。"

"那你记得他们的电话号码吗？"

米斯特雷塔先生没有回答蒙塔巴诺，而是挂了电话。毫无疑问，这是个很好的开始。蒙塔巴诺又拨通了第二个电话。

"请问是卡西亚托雷家吗？"

"是的。"一个甜美的女声回答道。

"夫人，我叫安东尼奥·沃尔普。我想要联系巴勒莫的特里萨·夏卡，但是她——"

"我就是特里萨·夏卡。"

蒙塔巴诺被自己的好运震惊得一句话都说不出来。

"喂？"特里萨问。

"您父亲怎么样了？我听说——"

"他好多了，谢谢您。他的身体恢复得很好，我大概明天就可以回巴勒莫了。"

"在您离开前，我必须要和您谈一谈。"

"沃尔普先生，我——"

"实际上，我不叫沃尔普。我是蒙塔巴诺警长。"

特里萨的呼吸声中夹杂着慌乱和震惊。

"我的天哪，马里奥怎么了？"

"别担心，夫人。您丈夫很好。我是想谈谈有关您的事。"

在长时间的沉默后，特里萨叹息般地回答了"好"。

"相信我，我不会勾起您不愉快的回忆的，但是——"

"我知道。"

"我向您保证，我们的见面是保密的。我发誓，在调查中无论出于何种原因，我都不会透露您的姓名。"

"我不知道我能帮您些什么。毕竟已经过去这么久了……不过，无论怎样，您不能过来找我。"

"那您能出来吗？"

"嗯，我能出去一个小时。"

"您定个见面地点吧。"

特里萨把见面的地点定在了蒙特鲁萨高架地段的一家咖啡屋。蒙塔巴诺看了一眼手表，已经五点半了。他不能再慢慢悠悠地开车了。为了准时到达，他几近疯狂地开车，速度达到了 40 英里至 45 英里每小时。

※

特里萨·夏卡，旧姓卡西亚托雷，三十八岁，看样子是位贤妻良母。很显然，不只是表面，她确实很贤惠。对于此次见面，她感到很尴尬，但是蒙塔巴诺很快就帮她化解了。

"夫人，十分钟后您就能回家了。"

"谢谢您。但是，我实在不清楚，二十年前的事情和安吉洛的死有什么关系。"

"实际上，毫无关系。但是，这有助于构建安吉洛的形象，您明白吗？"

"不太明白。但是有什么问题您问吧。"

"当您告诉安吉洛您怀孕时，他是什么反应？"

"他很高兴，随后我们马上就谈婚论嫁了。事实上，我很想第二天就能找一处房子和他住在一起。"

"您的家人当时知道吗？"

"一点也不知情，他们甚至连安吉洛是谁都不知道。但是有一天晚上，他突然告诉我说他改变主意了。他说结婚太疯狂了，那会毁了他的前程。他说当医生大有前途，那倒是真的。所以他就让我去做流产。"

"那您当时是怎么想的？"

"我气极了。我们吵得很凶。后来等我们平静下来时，我就和他说，我要把一切都告诉我父母。他一下子就变得很害怕。我爸爸极其严肃。于是他开始求我不要这么做。我给了他三天时间。"

"做什么？"

"好好想一想。第二天下午他打电话给我，我记得那是个周三。我记得非常清楚。他问我能否和他见一面。等我赶过去时，他立马跟我说他找到了解决的办法而且需要我的帮助。他的办法就是：下个周日，他和我去见我爸妈坦白一切。然后由他来向我爸妈解释不能立刻成婚的原因。他至少还需要无拘无束地奋斗两年。一个有名的医生希望安吉洛做他的助理，这就意味着他需要在国外居住十八个月。总之，在我生下孩子后，我还得和我爸妈生活在一起，直到他回国。他甚至还说，他已经做好了当爸爸的准备，让我爸妈不要生气。两年后他就会和我结婚。"

"您是怎么想的？"

"我认为这个方案不错。我也告诉了他我的想法。我没理由质疑他的真诚。所以他认为我们应该好好庆祝一番，他甚至还邀请了他的妹妹米凯拉。"

"你们之前见过面？"

"是的，我们之前就见过好几次面，但是她似乎不是很喜欢我。总之，我们约好晚上九点在安吉洛同事的办公室见面。"

"为什么不在他自己的办公室？"

"因为那时他还没有办公室，他同事让他在一间小房间里工作。等我到那里时，他同事已经离开了，但是米凯拉还没有来。安吉洛给我倒了一杯苦橙汁，但是当我喝下后，我的眼前开始模糊，觉得一切都在天旋地转。我不能动也没法反抗……我只记得安吉洛穿上他的工作服，然后……"

她试图继续说下去，但是蒙塔巴诺制止了她。

"我能想到那场景。您不需要继续往下说了。"

他点了一根烟。特里萨在旁边拿着手帕擦拭眼泪。

"之后的事情您还记得吗？"

"我的记忆里还是愁云密布。米凯拉穿着白色的罩衫，像极了护士。安吉洛说了些什么……然后我就到了安吉洛的车里，我记得……之后我到了安娜的家……她是我的表妹，她知道我和安吉洛之间的一切事情。我在她家过的夜。安娜给我爸妈打了电话，告诉他们我会在她家住一晚。结果第二天，我突然大出血，被紧急送去了医院，不得不把一切事情都告诉了我爸爸。因此我爸爸就把安吉洛告上了法庭。"

"那么您从未见过安吉洛的同事？"

"从来都没有。"

"谢谢您，夫人。就到这吧。"蒙塔巴诺说着，站起身。

她看起来很高兴，像是得到了解脱。她伸出手，向蒙塔巴诺告别。但是蒙塔巴诺并没有回握，而是轻轻地在她的手上印下了一个吻。

13

他比和马歇尔·拉格纳约定的时间早到了一会儿。

"你看起来精气神不错!"马歇尔望着他,说道。

蒙塔巴诺开始担心了。鉴于近况,马歇尔的评论并不准确。如果有人说你最近看起来还不错,他们心里一定期望着你过得不好。他们为什么会这么想呢?因为你正处在灾难可能一夜之间降临的年纪。举个例子吧:假设生活中某一天,你突然滑了一跤,如果没有大碍,你马上就会站起来。但是如果你摔伤了大腿,你就会疼得站不起来。这究竟发生了什么?事实就是,你已经越过了你生命里的一条无形界线,从当下的生活阶段进入了下一个阶段。

"你也看上去好极了!"警长撒了个谎,带着些许得意。

拉格纳似乎比上次蒙塔巴诺见他时老了一些。

"随时为你效劳!"马歇尔说道。

蒙塔巴诺给他讲述了有关安吉洛·帕尔多的全部案情,还告诉他,尼科洛·齐托,那个新闻记者私下里提醒说安吉洛被杀可能与其职业有关。经过这番旁敲侧击,拉格纳立刻明白了,打断了警长说:

"因为回扣？"

"这只是一种可能的假设。"警长谨慎地说。

然后，蒙塔巴诺告诉拉格纳，安吉洛·帕尔多生前给他的情人购买了不在自己经济承受范围内的昂贵礼物，而且其保险箱至今下落不明。还有，他一直无法查实那个秘密银行账户。最后，他从口袋里拿出那四张写有密码的纸、写有密码的歌词本，并把它们放到了拉格纳的面前。

"不得不说，这位男士的保密工作做得很好啊！"在检查完一切物品后，马歇尔感叹道。

"你能帮助我吗？"蒙塔巴诺问。

"当然！"马歇尔说，"但是你不能指望一夜之间事情就能水落石出。在我开始工作前，我需要一些基本的但是很重要的信息。死者供职于哪家公司？他平常都与哪些医生和药剂师联系？"

"我这里有一本大的记事簿，是死者生前用的，现在在我车里，里面有大部分你需要的信息。"

拉格纳不解地看着他。

"你为什么把它留在车里？"

"我只是想确定你是否对它感兴趣。我这就去把它拿过来。"

"好。在你取记事簿的期间，我去复印一下这些文件和歌词本。"

※

因此，在驱车赶回维加塔时，蒙塔巴诺对近期的事情进行了梳理。米凯拉·帕尔多夫人（不对，是女士）只告诉了他特里萨·卡西亚托雷流产的一半事实，完全没有提及她自己在其中扮演的角色。对于特里萨而言，当时的情景一定跟惊悚片一样：首先，她的男朋友欺骗了她，还给她布下了陷阱。然后，更过分的是，当她赤身裸体躺在手术台上无法开口说话时，她的男朋友就在身旁折磨着她。而且，她未来的小姑子也穿着白色制服，手里拿着流产器具……

难道安吉洛和米凯拉当时是串通好了的？是出于兄妹血缘吗？他们形成这种"同盟"已经多久了？他们还做过什么？

但是进一步考虑后，这件事又与整个案件调查有什么关系呢？按照特里萨的说法——毫无疑问，她说的全都是事实——安吉洛无疑是个彻彻底底的流氓，这一点蒙塔巴诺思量了一段时间，而他亲爱的妹妹为了取悦她亲爱的哥哥也参与了那次"谋杀"，这一点蒙塔巴诺也思量了很久。特里萨所言证实了这对兄妹究竟是怎样的人，但是这丝毫不能推动案件的调查。

※

"啊！警长，警长！"坎塔雷拉在他的小隔间里喊叫着，"我有重要的事情要和您说。"

"你破解了最后一个密码？"

"还没有，警长，最后一个太复杂了。我想说的是阿克拉夸医生打来电话。"

发生什么事了？鉴定科科长竟然给他打电话？坟墓悄然开启，死者骤然复生……

"阿克，坎塔雷拉，他的名字是阿克。"

"不管他叫什么，警长，总之你现在已经知道了。"

"他打来做什么？"

"他没说，警长。但是他让您回来时给他回个电话。"

"法齐奥在吗？"

"他在。"

"你去找他，让他到我办公室来一趟。"

在等法齐奥的时候，蒙塔巴诺拨通了位于蒙特鲁萨的犯罪实验室的电话。

"阿克，听说你找我？"

由于这两人相互嫌弃对方，所以他们俩达成了一种默契，那就是无论何时，他们交谈时都不必问候彼此。

"我猜你已经知道了，帕斯夸诺医生在死者的齿缝间发现了两缕织物。"

"是的。"

"我们对这两缕织物进行了化验，鉴定出了那是坷纶。"

"是从氪星 [1] 来的吗？"

他脱口而出的这个问题真愚蠢。阿克，这个既不看漫画也不知道超人的家伙，瞬间愣住了。

"你在说什么？"

"没什么，别在意。为什么你对这种织物如此上心？"

"因为它很独特，主要用于一种特殊的衣物。"

"哪种衣物？"

---

1 超人的出生地

"女性内裤。"

阿克挂断了电话。蒙塔巴诺坐在那儿，大脑一片混乱，连电话也忘记挂上。

又是一部黑色电影？他一边把电话挂上，一边在脑海里构想一个场景。

※

露台上的房间。外景／内景，夜晚。

透过敞开的门，走上露台，镜头拍摄到了前洗衣房的内部景象。安吉洛深陷在扶手椅里，一个女人站在他面前，镜头只拍到了她的背影，她把手提袋放在桌上，缓慢地，先是将衬衫脱掉，然后再将胸罩脱掉。镜头继续上升，房子内部景象一览无余。

（暧昧的音乐响起）

安吉洛的眼中欲火燃起，他看着这个女人逐渐把裙子褪到脚踝。安吉洛进一步向后靠去，几乎是躺到了椅子里。

这个女人脱掉了她的内裤，并把它拿在手中。

安吉洛拉开了他牛仔裤上的拉链，准备"大干一番"。

（极其暧昧的音乐响起）

这个女人打开她的手提袋，掏出了一个镜头捕捉不到的东西。然后她跨坐到安吉洛身上，安吉洛顺势一把抱住她。

漫长的激吻过后，安吉洛的手开始抚摸女人的背。突然，她一把挣开安吉洛的怀抱，用她从手提袋里拿出的手枪瞄准安吉洛的面部。

安吉洛的特写镜头：满脸惊恐。

安吉洛：你……你要做什么？

女人：张开嘴。

安吉洛不假思索地照做了。女人把内裤塞进了他的嘴里。

安吉洛想要大叫，但是他做不到。

女人：现在我要问你一个问题。你要是想回答，点头，我就把内裤从你嘴里取出来。

镜头随着女人的探身而移动着。女人在安吉洛的耳边耳语了一番。

安吉洛瞪大了眼睛，开始拼命地摇头，拒绝回答女人的问题。

（戏剧音乐响起）

女人：我再问你一遍。

她再次探身下去，把嘴靠近安吉洛的耳边。她的嘴巴一张一合着。

特写镜头下，安吉洛依旧拒绝回答，在无法控制的恐惧中苦苦地挣扎着。

女人：这是你自找的。

她站起身，向后退了一步，举起枪，朝安吉洛的面部开了一枪。

特写镜头，安吉洛的头部血肉模糊，他曾经的眼睛现在变成了一个黑色的、血淋淋的空洞。

（悲剧音乐响起）

镜头跟进安吉洛半张开的嘴。两根纤细的手指伸进安吉洛的嘴巴里，把内裤取了出来。为了穿上内裤，女人转向了镜头，但是画面拍摄的角度还是照不见女人的脸。女人从容地把衣服一件一件地穿上。她的动作有条不紊，看不出有一丝紧张。

大特写镜头给安吉洛恐怖惊悚的头。

画面逐渐暗淡。

一部 B 级色情犯罪片的惊悚脚本被准许通过了。其他电视节目都那么垃圾，这部片子很可能会大红大紫呢。电视电影，你懂的。蒙塔巴诺安慰自己，如果他不干刑警了，就去干导演。

从他的"私人影院"出来后，蒙塔巴诺的思绪重新回到了办公室里。此时，他看见法齐奥正站在他的办公桌前，满脸疑惑地看着他。

"警长，您在想什么？"

"没什么，我只是在看个电影。你来做什么？"

"警长，是您叫我过来的。"

"哦，对。坐下吧。你有什么最新消息吗？"

"您说过，您想知道关于埃琳娜·斯克拉法尼和安吉洛·帕尔多能查出来的一切信息。至于那个老师，我只想在之前我和您说的基础上补充一小点。"

"哪一小点？"

"您还记得那个老师是怎样把他第一任妻子的情人打进医院的吗？"

"记得。"

"嗯，他也被人打进过医院。"

"被谁？"

"一个嫉妒的丈夫。"

"不可能，他根本不能——"

"警长，我向您保证这是真的。这件事发生在他第二次结婚前。"

"他被人捉奸在床？"

蒙塔巴诺无法接受埃琳娜向他撒了谎。这个谎言甚至大到让一切都变得可疑起来。

"不，警长。这和床一点关系都没有。这个老师住在一栋很大的公寓楼里，而且他家窗户中有两扇通向院子。您记得那部电影……"

另一部电影？这已经不再是刑事调查了，这简直就是电影狂欢节！

"……电影讲述了一个摔断了一条腿的摄影师整日透过窗户向院内观望，然后发现某一女性被人杀了？"

"是的，《后窗》，希区柯克拍的。"

"嗯，这个老师买了一副高级双筒望远镜，但他只偷窥对面那户人家。对面有一个年仅二十岁的新娘，她经常半裸着在家里走来走去，甚至都不知道自己被人偷窥了。然而有一天，新娘的丈夫识破了这个老师的把戏，冲到他家，把他狠狠地揍了一顿，还摔坏了他的望远镜。"

对于斯克拉法尼先生要求妻子向他详细报告她与情人幽会一事，蒙塔巴诺几乎可以肯定这是真的。但是，为什么埃琳娜不和他说这件事呢？或许就是因为这个小细节（多么重要的细节啊！）让蒙塔巴诺认识了这个老师的另一面，他不仅是个阳痿的丈夫，而且把内心的阴暗面都释放了出来。

"你要告诉我的关于安吉洛·帕尔多的事呢？"

"没有。"

"什么叫'没有'？"

"警长，没有人对他有丝毫不满意。至少就目前来看，作为医药代表，他收入颇丰，生活惬意，没有树敌。"

蒙塔巴诺太了解法齐奥了，他没有放过法齐奥说过的任何话语，那就是"至少就目前来看"。

"那就过去来看呢？"

法齐奥冲警长笑了笑，蒙塔巴诺也回之以微笑。他们立刻就理解了彼此想说的话。

"他过去发生过两件事。其中一件是您已经知道了的，就是那次流产事件。"

"跳过这件事，这件事我已经完全知道了。"

"另一件事就更遥远了。事关安吉洛妹妹男朋友的死。"

蒙塔巴诺突然觉得脊背发麻，耳朵有刺痛感。

"米凯拉的男朋友叫罗伯托·安扎隆。"法齐奥说。

"工程系的学生，业余爱好是摩托车竞速。所以，那次事故才很蹊跷。"

"为什么？"

"我亲爱的警长，像他那样技艺精湛的摩托车手在直行两英里后竟会不拐弯，即使知道前方是三百英尺高的悬崖也一往无前，您觉得这正常吗？"

"是机械故障吗？"

"摩托车在那次事故中撞毁严重，专家也无法对此做出判断。"

"验尸结果怎么样？"

"重头戏来了。在遭遇不幸前，安扎隆刚和一个朋友在一家饭店吃完饭。尸检结果表明，他饮用了过多酒类或其他类似饮品。"

"'其他类似饮品'是什么意思？究竟是不是酒？"

"警长，做尸检的人也无法确定。他只在报告里写了他在死者体内发现了酒精疑似物。"

"你继续说。"

"问题就在于，安扎隆的家人在看过尸检报告后，声称安扎隆从不饮酒，他们要求重新做一次尸检。最重要的是，那家饭店的服务员也说，那天安扎隆没有点过酒或者其他任何含酒精的饮品。"

"他们做第二次尸检了吗？"

"做了，但是他们得等三个月才能得知尸检结果。事实上，鉴于第二次尸检所需的各种授权流程，这已经算是快的了。第二次尸检的结果是，死者体内压根儿就不存在酒精或其他什么东西。然后这个案子就这样了结了。"

"告诉我，你知道和安扎隆吃饭的那个朋友是谁吗？"

法齐奥的眼睛开始闪烁。这表明他知道自己的话起了很大的作用。他正享受着内心的喜悦。

"就是……"他开口道。

但是，蒙塔巴诺混蛋时真的很混蛋，他决定打破法齐奥的喜悦。

"够了，我已经知道了。"他说。

"您是怎么发现的？"法齐奥问道，既失望又疑惑。

"你的眼睛已经告诉我。"警长说道，"是和他未来的大舅子，安吉洛·帕尔多，一起吃的饭。他被审讯了吗？"

"当然！安吉洛也承认那个服务员所言不假。他们那天根本就没有喝过酒，也没有碰过任何含酒精的饮品。无论如何，出于某种或者其他什么原因，安吉洛·帕尔多在做三次口供期间都让他的律师陪同出席。而他的律师不是别人，正是尼科特拉参议员。"

"尼科特拉？！"警长震惊地说道，"那么大的人物竟然能为这种小事提供证词？"

法齐奥从未发现，在他提及尼科特拉的名字前，他曾有片刻的失望。但是，如果有人问及为什么蒙塔巴诺在听到尼科特拉和安吉洛认识良久这样的消息时反应如此强烈，蒙塔巴诺自己也不知道该如何作答。

"但是，安吉洛从哪儿弄的钱来请尼科特拉参议员这样的人物当他的律师呢？"

"警长，他没有花一分钱。安吉洛的父亲也曾是参议员的竞争者，后来他和尼科特拉成了朋友。他们两家经常聚在一起。而且，当安吉洛被指控非法流产时，尼科特拉也为他出席辩护了。"

"还有别的吗？"

"有，警长。"

"你是想免费告诉我呢？还是想让我付钱？"蒙塔巴诺问道，因为他看见法齐奥不确定是否要继续讲。

"不，警长，所有的费用都包含在我的薪水里了。"

"那你就继续说。"

"这件事只有我一个人知道，但我现在还无法证实这件事的真假。"

"那就告诉我吧，它值得重视。"

"安吉洛似乎在一年前沾染上了赌博的恶习，并且常常输钱。"

"输很多吗？"

"特别特别多。"

"能不能再具体点？"

"数千万里拉。"

"他背负债务吗？"

"好像没有。"

"他在哪里赌博？"

"法纳拉的某个赌博窝点。"

"你认识那儿附近的人吗？"

"法纳拉？不认识，警长。"

"那可太糟了。"

"为什么？"

"因为我以性命打赌，安吉洛在别的银行肯定有账户，只是我们现在还没有查明。既然他没有欠下任何赌债，那么他从哪儿补回他输掉的钱？他从哪儿弄钱给他的情人买礼物？照你刚才所说的，我认为那家秘密银行非常有可能就在法纳拉。你试着想想办法在法纳拉查一下。"

"我尽力。"

法齐奥站了起来。等他走到门口时，蒙塔巴诺轻声说：

"谢谢。"

法齐奥停下了脚步，转过身，看着蒙塔巴诺。

"为什么道谢？这是我的职责所在，不是吗，警长？"

※

蒙塔巴诺迅速赶回了马里内拉。英格丽送他的三文鱼正焦急地等着他呢。

14

下雨了。由于身上都被雨淋湿了，蒙塔巴诺谩骂着，雨水沿着他的头发落进了他的衣领中，然后顺着他的脊背向下滑，冻得他瑟瑟发抖。他那湿漉漉的袜子此时正把雨水滤到他的鞋子里。但是，他什么也做不了。由于拿错了钥匙，他打不开马里内拉的家门。他手上的钥匙只能插进锁眼，却无法转动。他一把一把地试着手里的四把钥匙，但都没用。他怎能再这样下去，被雨淋透，却无法进入自己的家？

最后他决定看一眼他手中拿的钥匙。令他震惊的是，他拿的压根儿就不是他的钥匙。他一定是错拿了别人的钥匙。但到底是在哪儿拿错的呢？

然后他想起他可能是在博卡戴瑟咖啡馆拿错了钥匙。但他是两个星期前去的那里啊！他怎么可能会在回到维加塔两周的时间里没有回过自己的家呢？

"我的钥匙去哪儿了？"他吼道。

雨水击打在屋檐、他的头顶、地面、树叶的声音是那么响，以至于似乎没人能听得见他的吼声。后来，他觉得他听到了一个女人的声音，这声音来自倾盆大雨的深处。

"在拐角转弯！在拐角转弯！"这女声喊道。

这是什么意思？无论是什么情况，都不会更坏了，于是蒙塔巴诺向前走了几步，在拐角处转弯。他发现自己竟然跑到了米凯拉家的浴室。米凯拉此刻衣不附体，正用手试着洗澡水的温度。正因如此，米凯拉的全身都展现在了蒙塔巴诺的眼前。

"快点，进来吧。"

他发现自己也是裸着的，不过他并不感到惊讶。他进入浴缸中，躺了下来。泡沫随即布满了他的全身，蒙塔巴诺感觉无比享受。但是，一想到米凯拉可能看见他入水时的半裸状态，他的脸上仍泛起了一抹尴尬之色。

"我去给你拿钥匙和礼物。"米凯拉说。

她走了出去。她说的礼物是什么呢？难道今天是他的生日吗？但他是什么时候生的？他竟然想不起来了。他不再继续追问自己，而是闭上了眼睛，沉浸在自己的感觉中。过了一会儿，他听到她回来了，于是把眼睛微微张开了一丝缝隙。但是他一睁眼看到正站在浴室门口的不是米凯拉，而是安吉洛。他的头部因中枪而残缺不全，血正从他的脸上不断地滴落到他的衬衫上，他牛仔裤的拉链依旧是开着的，生殖器还悬挂在外面。安吉洛手里拿着一把左轮手枪，正瞄准着他。

"你想做什么？"他惊恐地问道。

洗澡水突然变得如寒冰般冰冷。安吉洛用左手示意蒙塔巴诺等一下，然后用手指了指嘴巴，从里面拉出了一条内裤。他踉跄着往前走了两步。

"张开嘴！"他命令道。

蒙塔巴诺吓得牙齿直打战，拼命地摇头。就算再过一百万年，他也不会让安吉洛把内裤塞进他嘴里的。内裤已经被安吉洛的唾液浸湿，而且从严格意义上来讲，安吉洛，现在已经是死尸，没有权力用枪威胁他。只要想一想就知道，安吉洛现在甚至连路都走不了。从各方面来看，虽然谋杀案的发生已经有一段时间了，但是安吉洛的尸身看上去依然保存完好。无论如何，蒙塔巴诺现在明白了：他落入了米凯拉为保护她声名狼藉的哥哥而布下的陷阱。

"你究竟张不张嘴？"

他再次摇了摇头，安吉洛开枪了。枪声震天。

蒙塔巴诺突然睁开眼，猛地在床上坐了起来，心脏怦怦跳个不停，吓得浑身是汗。狂风粗暴地把窗户吹开，窗户重重地撞向墙面。窗外，依旧是电闪雷鸣。

已经是早晨五点钟了。蒙塔巴诺天生不相信预言、征兆以及任何超自然现象，更何况他的常态从来没没正常过。但他只相信一件事：正因为临睡前他在脑海里进行了一番推理，所以他才会做如此诡异的梦。至于解梦，比起信西格蒙德·弗洛伊德，他更信预测彩票号码的"大师"。

经过半个小时的再三思量，他终于分清了两个对他来说似乎很重要的元素。

一个是安吉洛的钥匙。一串钥匙在他这里，犯罪实验室在取证后还给了他。另一串是米凯拉给他的，不过他已经把它还给了米凯拉。这一切似乎都很正常，但是那些钥匙仍有让他深感疑惑的地方，至于究竟是什么，蒙塔巴诺自己也说不清，他现在仍然抓不住问题的重点。蒙塔巴诺决定过会儿再好好地思考一下。

第二个元素就是梦里米凯拉走出浴室前对他说的那个词："礼物"。但是现实中，米凯拉和他说起礼物时，只谈过安吉洛送给埃琳娜的昂贵礼物。

停下，蒙塔巴诺！你现在越来越热，越来越热，越来越热，很烫！很烫！停！停！

他突然觉得心满意足，于是拿起闹钟，按下按钮，关掉闹铃，然后一头扎进枕头里，片刻便进入了梦乡。

※

埃琳娜开了门。她光着脚，穿着之前那件诱人的半长款家居服，脸上还残存着星星点点的水珠，看样子应该是刚刚冲完澡。现在是早晨十点钟，她一定刚刚睡醒。年轻、水润的肌肤散发着幽幽的芳香，蒙塔巴诺根本无法抵挡这样的嗅觉盛宴。一看见蒙塔巴诺，埃琳娜灿烂地笑了，一把牵起他的手，紧紧握住，热情地拉他进屋，随即关上门，把他带到了客厅。

"咖啡已经煮好了。"她说道。

埃琳娜拿着托盘进来时，蒙塔巴诺刚刚坐下。他们各自喝着咖啡，谁都没有说一句话。

"您想听点新鲜事吗，警长？"埃琳娜问道，随手把空杯子放在了桌子上。

"说吧。"

"刚才您打电话说要来时，我特别开心。我，想您了。"

蒙塔巴诺的心猛然变得飘忽不定，仿佛飞机撞上了气流。但他一言不发，假装在全神贯注地喝他最后一小口咖啡，然后他把空杯子放了下来。

"有什么消息吗？"她问道。

"不多。"警长谨慎地回答。

"不过，我却什么消息都没有。"埃琳娜说。

蒙塔巴诺面露疑色。他并没有理解埃琳娜说的话。埃琳娜开始开怀大笑。

"您刚才的表情真有意思！我只想说，在过去的两天里，埃米利奥不停地追问我有没有什么新消息。我一直回答'没，什么消息都没有'。"

蒙塔巴诺不相信她的话。埃琳娜的解释只是让事情变得更加扑朔迷离了。这个解释不足以澄清他们的行为。

"你丈夫对这个案子这么上心，真是出乎我的意料啊。"

埃琳娜笑得更厉害了。

"他上心的不是案子，是我。"

"我不懂。"

"警长，埃米利奥想知道我是不是已经找好安吉洛的接替者了，或者我是不是随时准备找。"

看！这就是事情的真相！由于再也听不到他夫人给他讲淫事，这个老家伙显然有了危机感。蒙塔巴诺决定顺势往下问。

"那你为什么没有找呢？"

他期待着埃琳娜再次大笑，但她的表情却严肃了起来。

"因为我不想再造成什么误会，我想要平静地生活。我一直在等待案件调查结束。"她又笑了，说道，"所以您可要抓紧破案呀。"

为什么重新找个男人会造成误会？当他看向埃琳娜时，他便知道了问题的答案。坐在他面前的已经不是一个女人了，而是一只饱餐后稍事休息的雌豹。一旦饿意袭来，它立马就会扑向之前精挑细选出来的猎物。这个猎物就是他，萨尔沃·蒙塔巴诺警长，一只吓得瑟瑟发抖、行动笨拙的小家畜，而且永远也跑不过长驱疾奔的猎豹，尽管它暂且在示弱，但这都是假象。最恼人的是，一旦它的长牙刺穿他的血肉，用唇舌吮吸他，很快猎豹就会发现他是如此的乏味，而听着她必然同样乏味的描述，她的教师丈夫也会感到失望的。他唯一的希望就是装傻充愣，不要捅破最后一层窗户纸，于是假装不理解埃琳娜的意思。

"我今天来有两个原因。"

"您什么时候来都可以，完全不需要理由。"

这只野兽凝视着他，丝毫没有分心。

"你曾和我说，除了那辆跑车，安吉洛还送过你珠宝。"

"是的，您想看看吗？"

"不，我对这东西不感兴趣。我更感兴趣的是珠宝盒。它们还在吗？"

"当然，我去把它们拿来。"

她站起身，顺便把托盘也拿走了。很快，她就回来了，递给蒙塔巴诺两个已经开封的空盒子。它们都镶有白色丝绸花边，上面刻着同样的字：

A 等品 迪莫拉珠宝——蒙特鲁萨

　　蒙塔巴诺真正想知道的是，那个梦究竟暗示着什么。他把盒子还给了埃琳娜，埃琳娜随手把它们搁在了咖啡桌上。

　　"第二个理由呢？"埃琳娜问道。

　　"有点难以启齿啊。尸检透露出了一个重要细节。死者的齿缝间夹有两缕织物。犯罪实验室的检查结果表明，这种织物几乎专用于女士内裤。"

　　"这是什么意思？"埃琳娜问道。

　　"这就意味着，在安吉洛中枪前，有人往他嘴里塞了一条内裤以防他喊叫。再加上死者死时的状态，暗示他当时确实是准备发生性关系的。男人随身携带女式内裤出门的可能性微乎其微，所以杀了安吉洛的人不是男人，而是女人。"

　　"我明白了，"埃琳娜说，"显然，这是一种激情犯罪。"

　　"没错，但调查到此刻，我的责任就是向检察官汇报我所有的发现。"

　　"所以你会提及我。"

　　"当然。托马塞奥检察官会立刻传唤你的。你在信中威胁要杀了安吉洛的言辞也对你不利。"

　　"我该怎么做？"

　　蒙塔巴诺对这个女人又多了几分欣赏。她没有表现出害怕或焦虑。她询问的是相关信息，再无他事。

"记得找个出色的律师。"

"我能告诉他是安吉洛让我写的那些信吗？"

"当然。而且别忘了告诉他，他应该找宝拉·托里西谈谈。"

埃琳娜眉头一皱。

"安吉洛的前女友？为什么？"

蒙塔巴诺摆了摆手，他不能告诉埃琳娜真实原因。那会透漏太多。但是，埃琳娜的头脑比瑞士手表还转得好。

"他是不是也让宝拉写过信？"

蒙塔巴诺再次摆了摆手。

"问题是你，埃琳娜，案发当晚没有不在场证明。你说你当晚开车四处乱逛了几小时，没见过任何人，但是……"

"但是什么？"

"我不相信你。"

"难道你认为是我杀了安吉洛？"

"我只是不相信你那天晚上没见过任何人。我觉得，如果你愿意的话，你本可以提供不在场证明的，但问题是你不愿意。"

他看着她，眼睛瞪大。

"你……你是怎么知道……"

现在，她确实开始焦虑了。警长达到了目的，他很满意。

"上次我问你在你开车乱逛时是否见过什么人，你否认了。但是在你回答我之前，你有些许迟疑。那是自我询问你以来，你第一次也是唯一的一次迟疑。那时我就知道你不想向我吐露实情。

但是，我要警告你：没有不在场证明的话，你是有可能被逮捕的。"

她的脸色瞬间苍白了。打铁需趁热，蒙塔巴诺一边告诫着自己，一边恨自己说了一大堆陈词滥调来折磨埃琳娜。

"你可能会被押送到警察局……"

这不是真的。送警察局并不是必经流程，但这句话起了作用。埃琳娜开始微微颤抖，眉上冒出了一层密密的汗。

"我没告诉埃米利奥……我不想让他知道。"

她丈夫和这件事又有什么关系？难道这个老师一定要在所有相关事件里出现吗？就像小时候妈妈常给蒙塔巴诺讲的皮耶里诺扮演的著名的木偶人，受他人操纵？

"你不想让他知道什么？"

"那晚我和一个男人在一起。"

"他是谁？"

"一个加油站的服务员……在去贾尔迪纳那条路上，就这一个加油站。他叫路易吉，但我不知道他姓什么。我去加油，那时他已经关门了，但他还是为我重新开了门。后来他开始和我调情，我没有拒绝他。我想要……我想要忘掉安吉洛，永远。"

"那晚你们在一起待了多久？"

"好几个小时。"

"他能为你作证吗？"

"我觉得没什么问题。他很年轻，二十岁左右，未婚。"

"去和你的律师说。或许他能想办法不让你丈夫知道这件事。"

"如果他知道了这件事，我会很难过的。我辜负了他的信任。"

这两口子究竟是怎么回事？他感到很迷惑。埃琳娜突然开始大笑起来，笑得前仰后合的。

"你笑什么？"

"安吉洛无法喊叫是因为有个女人把内裤塞到了他嘴里？"

"现在看上去确实如此。"

"我只能告诉你，这绝对不是我干的。"

她再次笑了，几乎都要流下眼泪了。

"告诉我，为什么？"

"因为我去见安吉洛时从不穿内裤。不过，你看，它们看上去像是能堵住别人嘴的东西吗？"

她站了起来，撩起家居服，露出内裤，原地转了一圈，又坐了下去。她的动作一气呵成，自然得体，既不粗鄙，更不羞涩。她的内裤比丁字裤还要小。要是用它堵嘴，受害者怕是还能朗诵西塞罗的反喀提林演说，或者吟唱威尔第的咏叹调《圣洁的阿依达》呢！

"我得走了。"警长说着站起身。

他必须赶紧离开这个女人。他的大脑中响起了警报，警示灯闪个不停。埃琳娜也站了起来，靠近他。既然不能让她远离他伸展的双臂，蒙塔巴诺只好用话语阻止了埃琳娜的行为。

"最后一件事。"

"什么？"

"我听说近来安吉洛沉迷赌博，还输了很多钱。"

"真的吗？！"

她看上去真的很困惑。

"所以你一无所知？"

"我从未想过。他是在这里赌博的吗？在维加塔？"

"不，似乎是在法纳拉的一家地下赌博窝点。你和他去过法纳拉吗？"

"是的，去过一次。但是我们当天晚上就回维加塔了。"

"那你还记得在法纳拉的那一天，安吉洛可曾去过银行？"

"没有。他那天要去拜访三名医生和两名药剂师，他当时把车停在对方办公室的外面，留我一人在车里等着他。我都快要无聊死了。哦，对了，我还记得安吉洛把车停在了迪·克里斯托福罗议员的别墅外面。这是这位议员死后我在电视上得知他的。"

"安吉洛认识迪·克里斯托福罗？"

"当然。"

"他在那个别墅里待了多久？"

"就几分钟。"

"他提起过为什么去那里吗？"

"没有，我也没问，抱歉。"

"另一个问题，我保证这是最后一个。"

"您想问多少问题都可以。"

"据你所知，安吉洛吸毒吗？"

"不，他从不碰毒品。"

"你确定？"

"十分确定。别忘了，我当年可没少吸毒。"

她愈发靠近蒙塔巴诺。

"再见，下次见。"蒙塔巴诺说道，飞快地打开前门，在猎豹跃起地面用尖爪抓住他并将他生吞活剥之前，他赶紧跑了出去。

※

蒙特鲁萨的迪莫拉珠宝店创立于一九〇一年，用的还是当年的老招牌。招牌经过了精心修复，上面写着"全省第一珠宝铺"。这家店以其百年历史而倍感自豪，店内装潢与当年也没有多大区别，除了一点外：进店比进银行还要严。装甲大门、迷彩防弹窗户，还有全副武装、手持枪械站立在门侧的安保人员，让人多看一眼都觉得害怕。

店内有三名销售人员，年龄差距特别大：一名年过七旬的男店员，一名四十岁左右的男店员，还有一个二十岁左右的小姑娘。显然，他们都是经过严格挑选的，以满足不同年龄段顾客的需求。但是，为什么来迎他的是七旬老翁，而不是跟自己岁数差不多的中年男子？

"您想看点什么特别的吗，先生？"

"嗯，你们店长呢？"

"您找阿图罗先生？"

"如果他是店长的话，那我就找阿图罗先生。"

"冒昧问一句，您是？"

"蒙塔巴诺警长。"

"请跟我来。"

他跟着销售员走进了后面的房间，里面是一个精致的客厅。新艺术风格的家具。宽宽的黑木楼梯，上面铺着红色地毯，顶端是一处平台。平台上有一扇紧闭的大门。

"您先随意。"

这名老年销售员缓步走上楼梯，按响了门旁的门铃。"嘎吱"一声，门开了。老人走进去，随手关了门。两分钟后，随着另一声"嘎吱"，门再次开了，老人出来了。

"您上来吧。"

上楼后，蒙塔巴诺走进了一间宽敞、明亮的房间。屋子里有一张现代风格的玻璃桌，桌上摆着一台电脑。有两把扶手椅，还有一套只在建筑杂志上才能见到的沙发。一台巨大的、最新型号的保险箱摆在一旁，就算是地对空导弹怕是也炸不开。还有一台一九〇一年生产的老式保险箱，估计乳母的发叉能捅开。阿图罗·迪莫拉，三十岁，看上去活像是从时尚广告里走出来的人物。他站起身，并向蒙塔巴诺伸出了手。

"乐意为您效劳，警长。"

"我不会浪费你的时间。你知道在过去的三个月里，你的顾客里有个叫安吉洛·帕尔多的吗？"

"请等一下。"

他走到玻璃桌后面，摆弄了几下电脑。

"是的，他买过——"

"我知道他买了什么。我想知道的是他是怎么付款的？"

"请稍等。这儿，好的。他付了两张来自法纳拉人民银行的支票。您想要他的银行账号吗？"

15

走出珠宝店，蒙塔巴诺再三权衡着：下一步要做什么呢？即便现在动身去法纳拉，他也不可能在下午一点半之前赶到。也就是说，即便他赶过去，银行也早关门了。所以现在最好的方案就是先回维加塔，然后明天一早再去法纳拉。但是，他急于查清隐藏在银行内的重要线索，这种焦急感强烈地啃噬着他的心。毫无疑问，要是不搞清楚的话，他今天晚上怕是睡不着觉了。突然，他想到，自己去银行太少了，竟然忘了现在银行下午也营业。所以，他可以动身前往法纳拉了，到了那里之后，可以先去科斯马与达米亚诺餐厅好好吃一顿。他在那里吃过两次，饭菜可口，服务周到，让他很满意。三点过后，他就去银行查一查。

当他去取车时，突然又想起了一件很麻烦的事情——他和局长有约，但是照现在的情况来看，他不知道还能不能及时赴约。他到底该怎么做才好呢？他马上就决定先不管局长了。这个家伙什么都不干，就知道每天推迟这个烦人的见面。他怎么就不能爽约一次呢？他上了车，向法纳拉驶去。

※

从恩佐餐厅到法纳拉的科斯马与达米亚诺餐厅，就像来到了一片新大陆。在恩佐餐厅点一道他现在正大快朵颐的美餐，比如砂锅焖兔肉，就如同在阿布扎比点猪排或熏猪肉肠一样困难。

吃完饭后，蒙塔巴诺觉得自己需要沿着码头走一走，消消食。但是现在他身处法纳拉，周围并没有码头，因为这里距离大海有五十英里远。尽管他刚才已经在饭店喝过一杯咖啡了，但他还是觉得一会儿在银行旁边的咖啡店再来一杯比较好。

银行大门是自带警报器的旋转门，这一点让蒙塔巴诺特别不满意，因为身后的门在向他大呼小叫：

"**系统警报！金属物品不得入内！**"

一名警卫正坐在防弹玻璃的隔间内，专心玩着字谜游戏，听到警报声便抬起头看向蒙塔巴诺。警长拉开一个小抽屉，往里面扔了几枚硬币，此时他的口袋里已经空空如也了，然后他用一把塑料钥匙锁上这个抽屉，重新走进管状的门中。

"**系统警报！**"警报声再次响起。

它就是不喜欢他！那扇门就是坚决要拦住他，和他对着干！警卫警觉地看着他。警长掏出自己家的钥匙，把它们放进了抽屉，然后重新过门，过了一半时警报没有响，但是他面前的另一半门却打不开了。他被锁在里面了！这扇门绑架了他，如果不马上放他出来，他肯定会凄惨地闷死在这里！玻璃隔间内的警卫还在沉迷游戏，丝毫没有发现异样。整个银行里竟看不到一个活人。于是，他抬起腿狠狠地向门踢去。警卫听到响声，立马明白发生了什么，他按下面前装置上的按钮，另一半门终于打开了。警长这才走进银行。第一个入口处有一张小桌子和几把椅子，入口对面有两扇门。

右边那扇门通往一间办公室，办公室里有两张空桌子。左边那扇门上用木头和玻璃隔板隔出了两个收纳窗口，窗口上各挂着一个牌子，上面标有：一号窗口、二号窗口，好像有人会搞不清楚一样。现在只有一个窗口里有出纳员，那就是一号窗口。如果有人说这个银行业务繁忙，那一定是昧着良心说话。

"你好，我想找你们经理谈谈，我是警长——"

"蒙塔巴诺！"窗口后面那名五十岁左右的出纳员说道。

警长疑惑地看着他。

"你不记得我了？啊，你真的想不起来了？"出纳员说着站起身，径直朝隔间后面的门走去。

蒙塔巴诺绞尽脑汁地回想着，但就是想不起他的名字。出纳员径直走到他身边，满脸胡茬，半张双臂，准备给蒙塔巴诺一个老友重逢的拥抱。总有些人在四十年未曾谋面后仍希望能被认出来，但是这些人难道没有意识到岁月已经改变了他们的容貌了吗？正如一位诗人所说，四十个寒冬的洗礼难道还没有在青春的面容上挖出深深的沟壑吗？

"你真是贵人多忘事啊！给你个小提示。"

小提示？这是什么？智力竞猜节目？

"库……库……"

"库库萨？"警长胡乱猜了一下。

"库玛拉！乔治·库玛拉！"对方说道，喉咙上下滚动着，并给蒙塔巴诺来了个巨蟒般的拥抱。

"库玛拉！当然是你！"蒙塔巴诺低语着。

事实上，他根本搞不清状况。

"走，喝一杯去。我们得庆祝一下。老天爷，我们竟然这么多年没见过了！"

经过警卫室时，库玛拉对警卫说：

"卢卢，我和朋友去一下隔壁的酒吧。如果有人来办业务，让他们等会儿。"

这个库玛拉到底是谁？中学同学？大学好友？一九六八年一起走上街头的同志？

警长还是想不起来。

"萨尔沃，你结婚了吗？"

"没有。"

"我已经结婚了。三个孩子：两男一女。小丫头可好看了，她叫娜塔莎。"

法纳拉的娜塔莎。听着像卡尼卡蒂的阿莎提，费拉的萨曼莎，加洛蒂的杰西卡。现在大家都不给女儿起玛丽亚、朱塞平娜、卡梅拉、弗朗西斯卡这样的传统名字了吗？

"你想喝点什么？"

"来杯咖啡。"

此时，一杯咖啡能顶什么用？

"我也是。你来银行做什么，警长？我之前在电视上见过你几次。"

"我需要查点事情。我想找你们经理——"

"我就是经理。你想查什么？"

"你的一个客户，安吉洛·帕尔多，被人杀了。"

"我听说了。"

"但是，我在他家没有找到你们银行的任何单据。"

"他不想让我们寄给他，而且他都是通过挂号信办理业务的。你想想！他都是亲自来取单据。"

"我明白。你能告诉我他账户上有多少钱吗？他有没有进行过什么投资？"

"不能，除非你得到法官的授权。"

"我没有。"

"那我就不能告诉你，直到他死去的那一天，他的账户里大约还有八十万呢。"

"里拉？"蒙塔巴诺略微有些失望。

"欧元。"

事件有了新转机。超过 15 亿里拉的资产！

"投资呢？"

"没有投资。他要的是现金。"

"你为什么特意指明'直到他死去的那一天'？"

"因为在他被杀的三天前，他取出了一万欧元。据我所知，如果他没被杀的话，三天内他还要再取一次钱。"

"你还知道什么？"

"他把钱全输掉了，在齐齐诺的赌场。"

"你能和我说一下，他在你们银行存钱有多长时间了吗？"

"不到半年。"

"他有过亏空吗？"

"从来都没有。话说回来，在我们银行，他出什么事都不要紧。"

"你解释一下。"

"陪他一起来开账户的人是迪·克里斯托福罗议员。说得够多了，我们谈谈往事吧。"

库玛拉一直说个不停，对于他提到的那些事或人，蒙塔巴诺一点印象都没有。但是为了让他看起来像是记得一切，蒙塔巴诺只能时不时地说，"是的！"以及"我怎么会忘呢？"

追忆完往昔，他们相互道别，拥抱后还许诺要保持电话联系。

在回去的路上，警长不仅无法研究今天的发现，心情还越来越差了。在他钻进车里开车驶离的一瞬间，有一个问题像一只恼人的苍蝇似的萦绕在他的脑海中，嗡嗡作响，让他心烦：为什么乔治·库玛拉还记得初中时候的事情，而他却不能？对于库玛拉口中的那些人、那些事，蒙塔巴诺现在只能隐约记起零星半点，如同散乱的拼图。这些片段模糊地让他想起了他和库玛拉的中学生活。不幸的是，只有一个答案可以回答他的这一问题：他开始健忘了。这是不可争辩的衰老征兆。但有人不是说过，衰老就是前一天干了什么全都记不得，而童年经历却偏偏历历在目吗？好吧，看来也不总是这样。总而言之，现在的问题除了衰老，还是衰老。那个会让人忘记家庭住址的病叫什么来着？就是里根总统得的那个病，叫什么来着？看吧，眼前的事他现在也记不得了。

为了转移注意力，他编了一个议题出来琢磨。是个哲学议题吗？也许吧，不过更倾向于"思考力较弱的"，事实上，让人疲乏的想法。他甚至给它起了个名字：《当下的文明与进门的仪式》。这是什么意思呢？它指的是：在当今这个时代，无论进入何种场所，比如机场、银行、珠宝店、钟表店，你都必须遵循特定的管理仪式。为什么说是仪式呢？因为它没有特定的目的，无论是小偷、强盗，还是恐怖分子，如果他们真想进去，就一定能想方设法进去。这种仪式无法保护入口另一头的人们，那么这种仪式对谁有好处呢？它只能让想要进入的人产生一种感觉，即一旦进入，你就会很安全。

※

"啊，警长！警长！我要告诉你，拉特斯博士打电话来了。他说局长今天不能了。"

"不能什么？"

"他没和我说，警长。但是他让我告诉你，明天还是老时间。"

"知道了。文件处理得怎么样了？"

"快弄好了。我再尝试尝试。哦，对了，刚才托马塞奥检察官也让您给他回个电话。您有需要再叫我。"

他刚坐下，法齐奥就来了。

"电话局说，他们无法通过技术手段追踪到您在安吉洛家时接到的电话拨出的位置。他们还给我解释了一番，但是我一点也没听懂。"

"打来电话的人当时不知道安吉洛被杀了。甚至其中一人还把电话挂了。一个无所隐瞒的人是不会这么做的。我们得处理一下这件事。"

"警长，还有件事，我在法纳拉没有认识的人。"

"没关系，我自己解决了。"

"您是怎么做到的？"

"我很肯定安吉洛在法纳拉的人民银行有账户。所以我就赶到了那儿，正巧那个银行经理是我以前的同学，曾经的好友，所以我们一起追忆了往昔的幸福时光。"

他又撒谎了。不过，这次蒙塔巴诺只是想让法齐奥相信自己依然有着良好的记忆力。

"他的账户里有多少钱？"

"15 亿里拉。哦，你说对了，他的赌瘾很大，而且他的赌资可不是当医药代表赚的。"

"葬礼明天举行。我看到讣告了。"

"你去参加吧。"

"警长，凶手去参加被害人的葬礼，这种情况是不是只会在电影里出现？"

"别耍聪明了。总之，你一定要去参加。留心花圈和缎带上的名字。"

法齐奥离开后，蒙塔巴诺给托马塞奥打了一个电话。

"蒙塔巴诺！你在做什么呢？你失踪了吗？"

"我有些事情要处理，对不起，检察官。"

"听着，我要和你说些严肃的事情。"

"您说吧。"

"几天前，你带安吉洛·帕尔多的妹妹米凯拉来见我，你还记得吗？"

"当然。"

"好，我一共询问过她三次，最后一次询问是在今天早上。她真是个烦人的女人，你觉得呢？"

"嗯，是的。"

"我觉得她心事重重，你认为呢？"

"嗯，是的。"

那你这家伙还在汹涌的水流中玩得这么尽兴，就像在威严的法袍内撒欢的小猪一样。

"她的眼睛真是深不可测。"

"嗯，是的。"

"今天早上，她特别生气。"

"你怎么知道她生气了？"

"因为她突然站了起来，用奇怪的嗓音质问我，而且头发凌乱，真是让人害怕。"

看来，托马塞奥也看了一点古希腊悲剧。

"她说什么了？"

"她一直在抨击另一个女人，埃琳娜·斯克拉法尼，听说这个女人是他哥哥的情人。而且她认为这个女人才是凶手。你询问过埃琳娜了吗？"

"斯克拉法尼？当然问过了。"

"你为什么没和我说？"

"呃，这只是因为……"

"她长得怎么样？"

"美。"

"我要立刻传唤她。"

又来了！托马塞奥像条鱼那样要去接近埃琳娜了。

"检察官，我——"

"不，不，我亲爱的蒙塔巴诺，别找借口。对了，米凯拉还指控你包庇斯克拉法尼夫人呢。"

"她有没有告诉你斯克拉法尼夫人——"

"说了，嫉妒。她还告诉我，你，蒙塔巴诺私藏了斯克拉法尼夫人写给安吉洛的威胁信。这是真的吗？"

"是的。"

"我要立刻看到那些信。"

"行，但是——"

"我再说一遍，别找借口。难道你没有意识到你现在在做什么吗？你想对我隐瞒——"

"别喷粪了，托马塞奥。"

"你说什么？！"

"我会和你解释的，别再胡言乱语了。我没有向你隐瞒什么，埃琳娜在安吉洛被杀当晚有不在场证明，而且是你喜欢的那种。"

"你是什么意思？什么叫我会喜欢的不在场证明？"

"你会知道的。一定要让她把所有细节都讲到。晚安！"

※

"蒙塔巴诺警长吗？我是拉格纳。"

"晚上好，马歇尔。你打电话来做什么？"

"告诉你我的好运气。"

"怎么了？"

"昨晚，我偶然得知，明天媒体将报道一次大型活动。警方要对涉及贪污受贿的四千多人进行突击搜查，包括医生、药剂师、医药代表在内，所以我今天通知了我在罗马的朋友。但是安吉洛供职的那家制药公司没有牵涉其中。"

"这也就是说，安吉洛不是被竞争对手杀死的？也不是因为吃回扣被杀的？"

"对。"

"那么我给你的那四张全是数字的纸呢？你弄明白了吗？"

"我把它们交给梅尔卢索了。"

"梅尔卢索是谁？"

"他是我的一个同事，对破解密码很是在行。我希望明天就能告诉你答案。"

※

"啊！！！！！！"

一声又尖又高又长的叫声突然响起，把警局里所有的人都吓了一跳。尖叫声是从门口传来的。蒙塔巴诺的背上突然一阵发麻，立刻冲到了走廊，一路狂奔，接连和法齐奥、米米、加洛以及其他好几个同事撞了个满怀。

隔间内，坎塔雷拉背靠着墙，停止了尖叫，像头受伤的野兽似的，嘴里嘟囔个不停。他的眼睛都快睁出了眼眶，手指颤抖着指向桌子上安吉洛·帕尔多那台开着的电脑。

上帝啊！屏幕上出现什么了竟然能把他吓成这样？魔鬼吗？本·拉登？

"所有人出去！"蒙塔巴诺命令道，走进了隔间。

显示屏是关着的，什么也没有。

或许坎塔雷拉因为破译密码，神经长时间紧绷着，现在终于崩溃了。不过，这种情况可并不多见。

"走开！"警长再次向其他警员吼道。

他走向坎塔雷拉，轻轻地抱住他。蒙塔巴诺可以感觉到坎塔雷拉在发抖，他安慰着坎塔雷拉，让他坐下来。

"好孩子。"蒙塔巴诺拍着坎塔雷拉的头，低声轻柔地说。就像宠物狗一样，坎塔雷拉平静了下来。等他恢复平静不再颤抖时，蒙塔巴诺问他：

"你能告诉我发生了什么吗？"

坎塔雷拉露出了绝望的神情。

"别怕，说出来吧。你要不要喝点水？"

坎塔雷拉摇了摇头，咽了两次唾沫。

"它……它……自动删除了，警长。"他的声音突然变成了一种悲惨的哀号。

"没事，你接着说。什么删掉了它自己？"

"第三个文件，警长。而且前两个文件也被它删了。"

因此，电脑里所有的相关文件都没了。

"这怎么可能？"

"不，这是可能的，警长。电脑里有流产程序。"

流产？或许安吉洛·帕尔多除了给女人做过非法流产外，还给电脑做过流产？

"这些程序到底做了些什么？"

"警长，当你参与一项军事行动时，你突然想停下来，你会怎么说？"

"我不知道，不过我猜，你会说放弃。"

"我会这么说？是的，是我的语气。设定流产程序，一周后、一个月后、两个月后、三个月后……要删掉的东西就会被删掉。您能明白吗？"

"明白了。一个定时删除程序。"

"对，就是您说的这个！这真不是我疏忽大意，也不是我的过错，警长，我发誓！"

"我知道了，坎塔雷拉，我知道了。别担心了。"

蒙塔巴诺再次拍拍坎塔雷拉的头，然后走回了办公室。安吉洛·帕尔多采取了一切可能的措施，确保没人能发现他从哪里弄来这么多钱给情人买昂贵的礼物，甚至去赌博。

16

到家后，他做的第一件事就是吃光了所有的三文鱼。鱼肉肥美，浇着新鲜柠檬汁，而且做鱼的人特别为他调制了橄榄油。（"妇科医生证明：此油是贞洁的"，卡片上这么写着。）[1] 一阵风卷残云之后，他清理了阳台上的桌子，收起盘子和银餐具，新开了一瓶珍宝烈酒，痛快地喝了一杯。他终于明白了，自己已经掌握了案件的终极线索。**如果你想称它为"阿里阿德涅之线"[2]，我就要扇你一巴掌了，**他这样警告自己。但是，实际上，这个线索，即使不是破案的关键，也能引导他，至少能让他找到正确的方向。

正是托马塞奥检察官在他自己不知情的情况下给了蒙塔巴诺线索。托马塞奥告诉他，在最后一次审问的时候，米凯拉呈现出了希腊悲剧般的奇怪神情，尖叫着说蒙塔巴诺不想对埃琳娜采取行动，尽管他拿到了埃琳娜威胁要杀死安吉洛的信。虽然他从心里承认信件是绝对真实的，但是有一个很小的细节却是不能忽视

---

1 此处的"贞洁"原文为 virgin，也指植物油是"初榨的"。
2 此句中的"线索"与"线"原文均为 thread。阿里阿德涅是古希腊神话中克里特国王弥诺斯之女，给了情人忒修斯一个线团，助他在斩杀怪物弥诺陶洛斯后沿着线顺来路走出了迷宫。

的：米凯拉应该还不知道这一点。

那天之前，当米凯拉问他是否发现了那些信的时候，为了把水搅浑，他骗米凯拉说他没有发现。他很清楚地记得当时的每一个场景，忘了衰老和阿尔茨海默症吧（对，那个病就是这个名字）。宝拉，那个红头发女人当时也在场，她可以作证。

唯一知道他已经发现了那封信的人是埃琳娜，因为蒙塔巴诺给她看过。但是，这两个女人是压根儿不会见面的。那么，米凯拉是怎么知道这件事的呢？只有一种解释。米凯拉去过车库检查这三封信是否还在安吉洛车子的后备厢里。当她发现信已经不见了的时候，她就知道蒙塔巴诺已经发现并拿走了它们。

等一下，蒙塔巴诺，米凯拉怎么知道那三封信被藏在奔驰车后备厢的橡胶铺垫下面？她说过，安吉洛把自己的信件放在桌子的某一个抽屉里。安吉洛完全没有理由把信带出房子，然后藏在车库的奔驰里。对了，还要确保不是完全藏起来，这样只要有人想找就一定能发现。因此，肯定是米凯拉做的手脚。但是，什么时候呢？肯定是发现安吉洛死的那天晚上，也就是蒙塔巴诺犯下了巨大错误的那个晚上，他竟然让安吉洛的妹妹独自一人在哥哥的屋子里待着。

为什么米凯拉能谋划得如此深远细密？

为什么会这样藏东西？还要让别人误以为自己是偶然将其发现的？当然，更重要的是，要让别人发现它们。萨尔沃，给自己一个更好的解释。

如果他打开桌子的抽屉，发现信就在那里，然后看了信，这似乎太平常了。不妨设定那封信的内容价值为 10。可是当信被藏起来，他发了疯一样找才找到，那就意味着这些信不希望被人看到。此时，它们的内容价值就上升到 50 了。死亡威胁就这样坐实了，而不仅仅是吃醋的情人发出的警告。

厉害了，米凯拉！用这种方式去诋毁她所憎恨的埃琳娜。太绝了！但是，在托马塞奥面前，她内心的极度仇恨出卖了她。她之前配过安吉洛家的钥匙，所以她完全能够自由进出车库。

等一下！在梦见他去了米凯拉家浴室的后一天晚上，他突然想到了钥匙的事，那把钥匙是谁的？

蒙塔巴诺警长，从头整理一遍。

从最开始吗？

从最开始。

我能再灌一瓶威士忌吗？

有一天，米凯拉·帕尔多夫人（不好意思，是女士）出现在警局，告诉我，她的哥哥安吉洛已经两天没有消息了。她说自己有她哥哥家的钥匙，所以就去他家看看情况，但是没有发现任何异样。当天晚上，她再次来到警局，后来我们一起去了他哥哥家，发现他哥哥家里井然有序，没有丝毫突然离开的迹象。当我们就要出门分开时，她突然想起我们还没有检查安吉洛租用的露台和露台上的房间。我们又回到楼上。但通向露台的玻璃门被锁住了，于是米凯拉用她的钥匙打开了。露台上的小屋子的门也是锁着的，但是米凯拉告诉我，她没有钥匙，所以我破门而入。然后，我发现……

停一下，蒙塔巴诺。正如哈姆雷特所说，"阻碍就在这儿。"在这出戏中，这个环节说不通。

问题的关键是，米凯拉只有通往露台门的钥匙，却没有这间以前是洗衣房的小屋子的钥匙，那这把钥匙又有什么用呢？如果她配过她哥哥的每一把钥匙，那么她一定有进露台房间的钥匙。更重要的是，米凯拉自己说过，安吉洛以前经常去那里读书或者晒太阳，但从没跟女朋友们去过。这是为什么？

蒙塔巴诺注意到杯子又空了。他再次倒满酒，然后从阳台上走下去，来到沙滩上，每走几步就喝上一口威士忌，一直走到水边。夜空一片漆黑，但是他的头脑却格外清醒。远处地平线上，渔船的灯火看起来像与海平面相齐的点点繁星。

他接着刚才的思路继续想。如果米凯拉有那个小房间的钥匙，但却告诉他她没有，那就意味着她希望他，蒙塔巴诺，破门而入，亲眼看到安吉洛死在里面。也就是说，米凯拉已经知道她哥哥的尸体在屋里。通过演这一出戏，她希望蒙塔巴诺在她在场的情况下目睹整个过程，以此来证明自己与整件事无关。然而，事实上，她干系甚大。

他回到阳台上，坐下来又倒了一杯威士忌。接下来呢？

米凯拉说，周一的时候，安吉洛给她打电话，说当天晚上埃琳娜要到他家去，免得米凯拉会去她哥哥家。但如果反过来看，安吉洛等了很久，但埃琳娜一直没有出现，于是他意识到埃琳娜不会过去了，然后他打电话让他妹妹过来，米凯拉去了吗？或许安吉洛还告诉了她，他要到露台上透透气。米凯拉到了，上露台后她发现她哥哥被杀了，于是她相信是埃琳娜迟到后与她哥哥发生了争执，然后杀了他。在那时，安吉洛一定急于和埃琳娜做爱，这一切再清楚不过了。于是，米凯拉决定给埃琳娜沉重的一击，把她牵扯进来。于是她把所有的门都锁上，走到楼下，花了一整晚时间把牵涉安吉洛肮脏交易的物件转移走，包括那个保险箱。然后她又把那几封信拿到车库，特意把它们伪装成对埃琳娜不利的证据……

蒙塔巴诺心满意足地叹了口气。如果是这样的话，米凯拉在报案前就有充足的时间来完成她需要做的一切。周一晚上，她在她哥哥家里大概睡得无比香甜，因为她已经完成了所有的"任务"。把米凯拉单独留在安吉洛家显然是蒙塔巴诺犯的严重错误，但所幸并没有造成什么无法挽回的后果。

但是，为什么米凯拉如此确定安吉洛参与了某些肮脏交易呢？答案很简单，在她知道安吉洛给埃琳娜买了昂贵的礼物后，她立马查看了两人的共同账户，却发现账户上的钱一分都没有少，所以她确信安吉洛另有秘密账户，而且里面有大笔存款，远比他自己表面工作挣的钱要多。米凯拉讲的什么奖金啊，供养家人啊，全都是假话。她太精明了，一下子就感到事情不对劲。

但是，她为什么要拿走保险箱呢？有一种可能，那就是她没能找到安吉洛藏起来的第二把钥匙，因为那把钥匙被粘在了抽屉底部。所以，如果你真的想……

灵感一闪而逝。蒙塔巴诺的眼皮突然开始打架，头也垂了下去。他现在只想干一件事：上床睡觉。

他今天运气不好，没能在闹钟响起的前几分钟醒来。他突然想到安吉洛·帕尔多的葬礼就在今天上午。"葬礼"这个词让人联想到死亡……他从床上一跃而起，冲到浴室冲澡洗漱，刮了胡子，喝了杯咖啡，然后穿戴整齐，节奏就像拉里·西蒙的无声电影中的那样。有那么一瞬间，他甚至可以听到影片中那欢快的钢琴伴奏。然后，他走出家门，上了车，用平常的速度开车赶到维加塔。

法齐奥不在警局。米米被利果里叫去了蒙特鲁萨，坎塔雷拉一言不发，他还没有从前一天破解安吉洛电脑密码失败的阴影里走出来，他眼睁睁地看见所有文件消失却又无能为力，只能呆呆地站着，一动不动地望着如同"鞑靼人的沙漠"[1]一般空洞的显示屏。

上午十点左右，第一个电话打进来了。

"我亲爱的蒙塔巴诺，家里还好吗？"

"特别好，拉特斯博士。"

"感谢圣母玛利亚！我打来是想告诉你一个不幸的消息，局长今天不能和你见面了。要不我们改在明天这个时候？"

"当然可以，博士。"

感谢圣母玛利亚，他可以晚一天看到局长那张脸了。但是，

---

1 《鞑靼人的沙漠》是一部意大利小说，讲的是一名年轻军官被派去守卫沙漠中荒凉的古堡，生活空虚乏味。满腔热血的他渴望尽快与鞑靼人作战，建立功勋，证明自己的价值。

他同样也想知道，局长究竟是为了什么想见他。不过，如果他能一再这么拖延的话，肯定不是什么大事。

希望在我退休前或者他高升前能见上面，蒙塔巴诺心想。

※

第一通电话刚挂断，第二通电话就打来了。

"我是拉格纳，警长。我朋友梅尔卢索，也就是我让他破译打印纸上密码的那个人，您还记得吗？"

"当然记得。他破解出来了吗？"

"还没有，但是他有了一个新发现，我想这会对您的调查大有帮助。"

"真的吗？"

"是的，但是我想亲自和您说。"

"下午五点半我去见你怎么样？"

"可以。"

※

下午三点左右，第三通电话打了进来。

"蒙塔巴诺吗？我是托马塞奥。"

"怎么了？"

"埃琳娜·斯克拉法尼今天早上九点钟过来见我了……我的天啊！"

他的呼吸声突然消失了。蒙塔巴诺不免有点担心。

"怎么了，检察官大人？"

"这个女人太……太漂亮了，她简直是……"

托马塞奥像是发了狂。他不仅不能呼吸,还丧失了说话的能力。

"审问进行得如何?"

"完美!"检察官激情满满地说道,"完美得简直不能再完美。"

从逻辑上来讲,如果一个检察官说他对一次审问感到很满意,甚至很高兴,它意味着被告的麻烦就大了。

"你有没有查到什么可以定罪的证据?"

"你开什么玩笑!"

从目前来看,检察官显然是站在埃琳娜这一边。

"这位夫人是和特雷纳律师一起过来的,还有一个加油站的服务员,他叫路易吉·迪奥提撒威。"

"这个女人有不在场的证明?"

"是的,蒙塔巴诺。我们现在能做的就是嫉妒迪奥提撒威先生,然后自己也去开个加油站,期待着有一天埃琳娜能过来加油,哈哈哈。"他大笑道,仍然为埃琳娜的美貌而倾倒。

"这位夫人坚持说,她希望她的丈夫不要听到她的不在场证明,无论何种情况。"警长提醒托马塞奥。

"当然!我会拼尽全力。但现在仍然毫无进展。我们下一步该怎么做,蒙塔巴诺?"

"继续查,检察官大人。"

※

一点十五分,法齐奥从安吉洛的葬礼上回来了。

"那儿人多吗?"

"很多。"

"花圈呢？"

"有九个。只有一个葬枕，是他妈妈和妹妹放的。"

"你有没有记下花圈上的名字？"

"记下了。有六个名字我们不认识，其他三个我们都认识。"

他的眼睛开始闪烁光芒，这是他要扔下"重磅炸弹"的前兆。

"你继续说。"

"其中一个花圈来自尼科特拉的家人。"

"这并不奇怪，你知道的，他们两家是朋友。参议员也曾为他辩护……"

"另一个花圈是迪·克里斯托福罗的家人送的。"

法齐奥原以为蒙塔巴诺会惊讶。可是，他要失望了。

"我早就知道他们彼此熟识。正是迪·克里斯托福罗议员把安吉洛介绍给了法纳拉那里的银行的经理。"

"第三个花圈是西纳格拉家族送的。我们对他们也很了解。"法齐奥继续说。

这一次蒙塔巴诺震惊得说不出话来了。

"天啊！"他说道。

能让西纳格拉家族的人赶过来，安吉洛·帕尔多一定跟他们交情匪浅。难道是尼科特拉参议员给西纳格拉家族引荐的安吉洛？难不成迪·克里斯托福罗也是他们中的一员？"克里斯托福罗－尼科特拉－帕尔多"三角会不会和西纳格拉家族的势力范围一样大呢？

"你去公墓了吗？"

"去了。但是他们没有将安吉洛下葬，而是要在冰棺中放几天。"

"为什么？"

"警长，帕尔多家族有一个祖坟，但棺材放不进墓穴，棺盖太高了，所以他们得先扩大一下墓穴。"

蒙塔巴诺坐在那里，陷入了沉思。

"你还记得安吉洛的身高以及体重吗？"他问道。

"记得，警长。他的身高大概是五英尺十英寸，体重有一百七十五磅。"

"完全是普通人的身材！你觉得像他这种体型的人需要用那么大的棺材吗？"

"不需要，警长。"

"再告诉我点别的事，法齐奥。送葬是从哪里开始的？"

"安吉洛妈妈家。"

"也就是说，他们已经把死者从蒙特鲁萨运回了维加塔？"

"是的，他们昨晚就开始送葬了。"

"听着，你能帮我查一下那个殡仪馆叫什么？"

"我知道，警长，安吉洛·索伦迪诺父子殡仪馆。"

"为什么你已经知道了？"蒙塔巴诺盯着他，眼睛眯成了一条缝。

"因为这整件事对我来说都没意义，况且您可不是这附近唯一的警察，警长。"

"好吧，我希望你立刻给索伦迪诺打电话，了解送葬和参加葬礼的所有人的姓名。今天下午三点，你让这些人到我办公室来一趟。"

※

在恩佐餐厅，蒙塔巴诺点了一些清淡的食物，因为他没有时间沿着码头走到灯塔一边消化食物一边思考案情了。吃饭的同时，他进一步思考着尼科特拉家族的人和迪·克里斯托福罗家族的人同时给安吉洛送花圈这件事。而且尼科特拉和迪·克里斯托福罗最近都死了，这真的只是巧合吗？这三人交情深厚，却又在一周内相继去世。等一下，他对自己说！现在他多少已经知道了斯特凡诺·尼科特拉和安吉洛·帕尔多是朋友，那么斯特凡诺·尼科特拉和迪·克里斯托福罗呢？他们也是朋友吗？蒙塔巴诺越琢磨就越觉得不可能。

在经历了"反腐"浩劫之后，斯特凡诺·尼科特拉成了米兰房地产的巨头之一，并继续着他的政治生涯，而且已然拥有了西纳格拉家族的强力支持。迪·克里斯托福罗曾经是一名社会主义者，此时则加入了一个反对斯特凡诺·尼科特拉的中间党派。迪·克里斯托福罗曾多次就斯特凡诺·尼科特拉与西纳格拉家族的关系公开或私下抨击过他。所以，迪·克里斯托福罗站一边，斯特凡诺·尼科特拉和西纳格拉家族站在另一边，两边唯一的交集就是安吉洛·帕尔多。这可不是他最初设想的三角关系。所以，安吉洛·帕尔多对斯特凡诺·尼科特拉来说代表了什么，对迪·克里斯托福罗来说又代表了什么？从理论上来讲，如果安吉洛·帕尔多是斯特凡诺·尼科特拉的朋友，那他就不可能是迪·克里斯托福罗的朋友，反之亦然。敌人的朋友就是我的敌人，除非他可以做一些既能满足朋友，也能满足敌人的事情……

※

"我叫菲利普·佐科。"

"我叫尼古拉·帕帕雷拉。"

"是你们把安吉洛的尸体从蒙特鲁萨的太平间运到维加塔的？"

"是的。"他们异口同声地说。

这两个五十岁上下的殡葬从业者都穿着统一的制服：穿着黑色双排扣的夹克衫，系着黑色领带，戴着黑色帽子，看起来就像从美国电影里走出来的黑帮分子。

"为什么棺材和墓地拱顶不合适？"

"你说还是我说？"帕帕雷拉问佐科。

"你说吧。"

"帕尔多夫人给我们老板索伦迪诺先生打电话，让他到她家去，然后他们商定了棺材的尺寸以及送葬时间。昨晚七点，我们就赶到了太平间，把尸体包裹起来，然后运到了维加塔的帕尔多夫人家里。"

"你们平时都这样吗？"

"不，警长先生。偶尔。这不是正常流程。"

"那你们的正常流程是什么？"

"把尸体从太平间运出来直接送到教堂举办葬礼。"

"接着说。"

"我们赶到那里时，那位女士说棺材看起来太矮了。她想要棺材高一点。"

"棺材真的很矮吗？"

"不是的，警长先生。有时候死者家属会纠结一些蠢事。所以我们又把尸体从棺材里抬了出来，把他放进了另一个棺材。但是，那位女士不想盖上棺盖。她说自己想彻夜守灵，但不想在合上盖的棺材前坐着。她还让我们今天早上七点左右过去把棺盖合上。然后，在墓地时——"

"我知道在墓地时发生了什么。今天早上合上棺盖时，你们有没有注意到什么奇怪的地方？"

"确实有一点很奇怪，但是仔细想想又不奇怪，警长。"

"我不明白。"

"有时候亲属会在死者棺材里放点东西，通常是死者生前喜欢的东西。"

"这一次呢？"

"死者看起来跟坐起来了似的。"

"什么意思？"

"那位女士在死者的头部和肩部下方放了很大的东西。那东西裹在一张床单里，就好像在死者身下放了个枕头。"

"最后一个问题。在放了东西的情况下，死者能不能放进第一个棺材？"

"放不进去！"佐科和帕帕雷拉再次异口同声地说。

17

"啊，警长！您可真准时！请随意！"拉格纳说道。

蒙塔巴诺正要坐下时，马歇尔·拉格纳拨通了电话。

"您能过来一下吗？"他对着话筒说道。

"马歇尔，你发现了什么？"

"如果可以的话，我想让我的同事亲口跟您说。这都是他的功劳。"

门外传来一阵敲门声，维托利奥·梅尔卢索简直跟获得诺贝尔奖时的威廉·福克纳一样满是美国南方绅士的优雅，脸上带着客套却不易亲近的笑容。

"要想准确破译歌词本上的密码很困难，因为它从一开始就只是给个人使用的。"

"你说的'个人使用'是什么意思？"

"警长，通常来说，密码是两人或三人在交流时使用的，以防外人明白，对吗？"

"是的。"

"所以他们制造了很多密码来交换信息，懂了吗？"

"嗯。"

"我认为，发现的密码是孤本，只有编制密码的人才会使用，给某些名字加密。它们都列在拉格纳给我的这两张单子上。"

"有没有看懂的？"

"嗯，我搞清楚了两件事。第一，每个姓氏对应着左边栏的一个数字。每个数字都是六位，但是姓氏的长度肯定是不同的，包含的字母数也应不同。这就说明，一个数字不都是对应一个字母。有些数字可能是没有意义的。"

"这就意味着？"

"位数没有任何意义，它就是为了迷惑别人。换言之，密码之中还有密码。"

"原来如此。那第二件事呢？"

拉格纳和梅尔卢索快速地交换了一下眼神。

"你想告诉他吗？"

"这都是你的功劳。"拉格纳说。

"警长，"梅尔卢索开始说道，"您给了我们两张单子。左边对应姓氏的数字经常重复出现，而右侧的数字每一个都不一样。经过仔细研究，我发现第一张单子上右侧的数字都是以欧元为单位的钱数，而第二张单子上右侧的数字都是数量。举个例子，当你比较两张单子上右侧第一行的两个数字时，你会发现这两个数字之间有着明确的关系，都对应——"

"对应目前的市价。"警长补充说道。

五分钟过去了，拉格纳一直盯着蒙塔巴诺，现在却大笑起来。

"我早就跟你说了，梅尔卢索，警长肯定会搞明白的！"

梅尔卢索向蒙塔巴诺微微颔首，表示敬重。

"所以，"警长总结说，"第一张单子表明了客户的名字以及每个人支付的金额；第二张单子则表明了每次交付的数量。电脑里还有第三张单子。但不幸的是，它被程序删掉了。"

"您知道上面都有什么吗？"拉格纳问。

"现在我知道了，而且我很确信上面是日期以及供应商，不，应该是批发商的发货数量。"

"那我还要去破解那些人名吗？"梅尔卢索问道。

"当然了。非常感谢。"

但他没说那十四个名字中，他已经知道两个了。

※

回到警局时，天已经完全黑了。他拿起电话打给了米凯拉。

"喂？我是蒙塔巴诺，你在干什么呢？"

"我还能干什么？"

米凯拉的声音听起来不太对，好像是从很远很远的地方飘来的，听上去充满了疲倦。

"咱们聊聊吧。"

"明天行吗？"

"不行。"

"好吧，那您过来吧。"

"听着，米凯拉，既然你有钥匙，那就在你哥哥的公寓里见，好吗？"

在米凯拉家还有很多其他人，比如她的妈妈、从维加塔赶来的姨妈、从法纳拉赶来的阿姨，还有其他前来吊唁的朋友。两人根本没法好好谈。

"为什么选在那个地方？"

"待会儿告诉你。"

※

他迅速回到家，脱去衣服，走进浴室冲了个澡，然后换上了一身干净的衣物：内衣、衬衫、袜子、正装。他给利维娅打了个电话，说了自己有多么爱她，然后挂了电话，这或许让利维娅有点不敢相信。灌下一杯威士忌后，他走到阳台上抽了根烟。他现在要挑破这件案子，这最肮脏的案件部分。

※

他把车停在安吉洛家门口，下车时抬头看了看最顶层的露台和窗户。此时天非常黑，他看见其中两扇窗户里亮着灯。米凯拉肯定已经到了，所以这次他没有自己开门，而是按下了对讲机，但没有人回答。然后他敲了敲前门，门竟然开了。他再次踏入这栋死气沉沉的楼，爬上毫无生气的楼梯。当他爬到顶层时，一抬眼，看到米凯拉正站在门外等着他。

他害怕了。有那么一瞬间，他觉得眼前的这个女人丝毫没有了米凯拉的影子，而是像极了她妈妈。她到底发生了什么？

的确，她哥哥的死给了她沉重的打击。但前一天，她在蒙塔巴诺面前还表现出了坦然承受的样子，很理智，而且也做出了有力的指责。或许这场悲伤的葬礼让她最终意识到了安吉洛再也无法回来的事实。她松松垮垮地穿着一件长裙，还是她常穿的宽大款式，像是从二手店里买的一样。裙子是黑色的，为了表达哀思，她还穿了黑色的长筒袜和帆布鞋，鞋没有高跟，中间有个纽扣，像极了修女鞋。她用头巾盖住了头发，当然，头巾也是黑色的。她耸着肩，靠在门上，低头不语。

"请进。"

刚进门，蒙塔巴诺突然停了下来。

"我们去哪儿？"他问。

"你想去哪儿就去哪儿。"米凯拉关上了门。

警长选择了客厅。他们坐在扶手椅中，注视着对方，谁也不说话，好像警长来这里只是为了表示哀悼，小坐一会儿。气氛凝重，尴尬。

"所以，一切都结束了。"米凯拉忽然开口说道，她倚在椅子上，四目紧闭。

"还没结束，调查还在继续。"

"是的，但这可能永远都结束不了。这案子要么石沉大海，要么抓一些人来顶罪。"

"你为什么这样说？"

"因为我发现托马塞奥检察官在询问了埃琳娜之后并没有采取任何行动，他在偏袒埃琳娜。而您，警长，似乎也是这样。"

"这可是你先提她的，对吗？"

"对，是我，因为我在等您提她！"

"你告诉了托马塞奥我这里有埃琳娜写给你哥哥的信？"

"我不应该告诉他吗？"

"不应该。"

"为什么不应该？难道你打算继续包庇她吗？"

"不是，所以我才一直让你不要插手这件事，米凯拉，把你知道的事情告诉检察官，这就是个错误。你的嫌疑更大了。"

"什么意思？"

"毫无疑问，我从没和你说过我发现了这些信。如果我没跟你说过，你又是如何知道的呢？"

"但是我敢肯定，您确实和我说了！我记得那次宝拉也在这儿……"

蒙塔巴诺摇着头。

"不，米凯拉，如果让你的朋友宝拉作证，她只会说，那天晚上，在你盘问后，我否认发现了这些信。"

米凯拉什么也没说，在椅子中陷得更深了。她的眼睛仍然紧闭着。

"米凯拉，"警长继续说道，"是你把安吉洛放在桌子里的信塞进一个大信封里，然后到车库将它们藏在了奔驰后备厢的橡胶铺垫下，并且故意露出信封的一部分，好让别人发现。于是，在我读完这些信后，我就想，究竟是谁想把这些信藏起来。那么，答案只有一个：埃琳娜。你去车库查看时发现这些信已经不见了，于是你确定是我拿走了。"

"我哪有时间做这事？"她的声音充满了紧张，很专注，也很警觉。

应该告诉她这个假设吗？或许时机还不成熟。他掌握的情况都还算不上确凿，他为此责怪着自己。

"案发当晚，我竟然留你一个人在你哥哥家中，这真是个大错误。"

她松了一口气。

"那只是您的臆断，您没有证据。"

"我们过一会儿再谈证据。你知道的，我并没有在安吉洛家中发现他的保险箱。我认为是你把它拿走了，而且在同一天晚上，你还拿走了那些信。"

"那么就请您解释一下，"这个女人讽刺地说，"为什么我希望您发现信，却不希望您发现保险箱？"

"因为那些信可以证明埃琳娜有杀人嫌疑，而保险箱里的东西会对你哥哥不利。"

"在您看来，保险箱里有什么吸引人的东西呢？钱？"

"不，不是钱，你哥哥把他的钱都存在了法纳拉人民银行。"

他期待米凯拉能做出不同的反应，起码，安吉洛没有告诉她他另有账户。鉴于他们的关系如此亲密，这样做形同背叛。

"哦，是吗？"她的脸上只浮现了一丝惊讶。

她的冷漠让他完全确信了。米凯拉当然知道安吉洛还有一个账户。所以她肯定知道哥哥的小副业。

"你对他另有账户的事一无所知，是吗？"

"完全不知道。我确信我们只有一个共用账户。至于那个账户嘛，我已经给您看过了。"

"好吧，那你认为他存在法纳拉银行的钱都是从哪儿来的？"

"呃，可能是绩效奖金、奖励、额外佣金之类的吧。我原以为他把这些钱放在了家里，但是很显然，他都存银行了。"

"你知道他赌博成瘾吗？"

"完全不知情。"

又是一个谎言。她肯定知道她哥哥有此嗜好。事实上，为了否认这一点，她一直在竭力地克制自己。她没有问蒙塔巴诺是怎么发现安吉洛赌博的，也没有问他安吉洛在哪里赌博，赢了多少或者输了多少。

"如果他账户上有很多钱，"米凯拉说，"这说明他赌运不错。"

她有很强的自我保护能力。她懂得避重就轻，而且善于利用对手的反应。她准备好了承认一切，只要那笔钱的真正来源不被知晓。

"再回到保险箱这个话题上来吧。"

"警长，我对保险箱一无所知，就像我对我哥哥的账户一无所知一样。"

"你觉得保险箱里会有什么？"

"我什么也不知道。"

"我知道。"蒙塔巴诺低声说道，好像他说的话不重要。

米凯拉表现出一脸了无兴致的样子。

"我累了。"她叹了口气，说道。

蒙塔巴诺觉得她是个可怜人。从那三个字里，他感受到了深处的、真正的疲倦，这种疲倦不仅来自于肉体，更来自于精神、情感，甚至灵魂。米凯拉，一个彻底疲倦的女人。

"我可以走，如果你——"

"不要走，留下来。越早结束越好。但我要问您一件事，警长。不要糊弄我。在我看来，您已经弄清楚了很多事情。问我一些更具体的问题吧，我会尽我所能回答。"

蒙塔巴诺分辨不出这个女人是在转换策略，还是她实在无法继续忍受，真心想赶紧了结。

"这需要点时间。"

"我有大把的时间。"

"我可以明确地告诉你，我知道保险箱在哪里。我本应该在今晚我们碰面之前就去查看的，但是我没有。"

"为什么不去？"

"我并不是非要去查看不可，这取决于你。"

"取决于我？那您认为保险箱会在哪里？"

"就在墓地，在棺材里，在安吉洛的身下。"

"得了吧！"她用尽吃奶的力气想要强挤出一丝笑容。

"米凯拉，我们现在毫无进展。如果你坚持这样，那我只好开棺了。你知道那意味着什么吗？它意味着我需要申请无数授权，所有事情将走正规程序。但是到那时，保险箱打开后，你为保全你哥哥名誉所做的一切努力都会付之东流。"

或许就是在这一刹那，米凯拉突然意识到这一切都应该结束了。她睁开眼，看了他一下。

蒙塔巴诺下意识地抓住安乐椅的扶手，好像这样就能够坐稳一样。但此刻米凯拉并没有泪如雨下，只是缓缓地流下两行浑浊的淡黄色液体，呼吸急促。米凯拉的这副样子并没有吓到蒙塔巴诺，却让他产生了一种奇怪的感觉，如果他的手指触碰到那种液体的话，可能会被灼烧得只剩下骨头。米凯拉再次闭上了眼睛。

"您是不是已经知道保险箱里有什么了？"

"是的，米凯拉，而且我还知道里面有别的东西。"

"还有什么？"

"一些毒品。安吉洛在提纯可卡因的最后一步发生了失误，尽管并不是故意的，但他还是把毒品变成了毒药。这也间接导致了斯特凡诺·尼科特拉、迪·克里斯托福罗，还有你哥哥其他主顾的死亡。"

这个女人摘下头巾，头发散落在肩上，摇了摇头。

我以前怎么没注意到她有这么多白头发？警长心想。

"我累了。"米凯拉又说道。

"从什么时候起，安吉洛开始频繁出入赌场的？"

"去年。他很好奇那是个什么地方。那就是他堕落的开始。他挣的钱不再富余，所以他接受了某人给他的建议：提供大量毒品给一些重要客户。由于职务之便，他即便走遍全省也不会引起怀疑。"

"你是怎么发现他——"

"我并没有发现。是他自己告诉我的。他从来不会瞒着我。"

"你知道是谁给他提的建议吗？"

"当然，但是我不会告诉您。"

"他有没有告诉你他在最好的一批可卡因里掺假了？"

"没，他还没那个胆。"

"为什么没那个胆？"

"因为他做这些都是为了埃琳娜那个婊子。他需要很多钱给她买礼物，把她留在身边。有了这个副业，他就能赚双倍的钱，让自己的生活也滋润些。"

"米凯拉，为什么你那么讨厌埃琳娜，却不讨厌跟你哥哥在一起的其他女人？"

在回答之前，米凯拉的嘴巴抽搐个不停，这让她的表情变得异常痛苦。

"安吉洛是真的爱埃琳娜。这是他第一次真正爱上一个人。"

时机到了。蒙塔巴诺将他能调动的一切都调动了起来：肌肉、呼吸、神经，就像跳水运动员站在跳水板的边缘一样，下一秒就将跃入水中。接下来，他跳下去了。

"安吉洛应该只爱你一个人，是吗？"

"是的。"

他做到了。穿过错综复杂的树根，赶走凶恶的毒蛇，战胜可怕的豺狼，绕过巨蟒的巢穴，行过丛生的杂草之后，翻越荆棘丛已经是小菜一碟了。进入幽暗密林对他来说已不再是一件困难的事。但要从那里穿过确实需要勇气。

"你不是订过一次婚吗？你不是有过爱人吗？"

"是的，但是安吉洛……"

在一棵树下，他发现了这株有毒的植物，它看上去很美，但是只要放一片叶子在嘴中就会立即毙命。

"安吉洛摆平他了，是吗？"

"是的。"

这个病态的森林没有尽头，它通向死亡。走得越远，你不愿看到，也不愿嗅到的危险就越大，它们悄悄地埋伏在你走的道路上。

"特里萨怀孕的时候，是不是你劝安吉洛让她流产，而且还给她设了圈套？"

"没错！"

"没有人应该干涉你的……你的……"

"怎么了，警长？"她低声说道，"找不到合适的词？爱情，蒙塔巴诺先生。这个词是'爱情'。"

她睁开眼睛看着他。在黄色液体的表面有很多硕大的气泡在缓慢滑落的过程中破碎爆裂。蒙塔巴诺能想象出这些眼泪散发出的恶臭，那是一种令人作呕的腐烂气味，像腐烂的鸡蛋或者恶臭的沼泽散发出的气味。

"你怎么发现安吉洛被杀害的？"

"那个周一，大约在晚上九点左右，我接到了一个电话。他们告诉我他们去找安吉洛谈话，但却发现安吉洛已经死了。他们命令我处理掉所有可能泄露安吉洛为他们做事的东西，我照做了。"

"你不但照做了，还走进你哥哥被杀的房间制造了虚假证据，为了陷害埃琳娜。是你将内裤塞进了安吉洛的嘴里，还解开了他的牛仔裤，掏出了他的阴茎。"

"是的，我很希望埃琳娜被捕。因为她罪有应得。那些人到的时候，安吉洛早就死了。"

"我们待会儿再讨论这个。他们可能对你说谎了，你知道的。现在，告诉我，你知不知道是谁给你打电话跟你说你哥哥死了的？"

"知道。"

"告诉我他的名字。"

米凯拉缓缓地站起身来，伸展双臂。

"我一会儿就回来，"她说，"我要去喝口水。"

她离开房间，直径走向厨房，她的背比之前都驼，脚在地板上拖着走。

没有来由地，蒙塔巴诺突然跑进厨房，发现米凯拉不在那里，于是又走到敞开着门的阳台上。一盏小灯照亮了车库前方，光线有些暗淡，但足以让人看清地面上有一个黑色麻袋般的身影一动不动。米凯拉跳了下去，她再也不会说话，不会哭泣了。警长想到了那出悲剧：当在其他人面前表演的时候，摆出进攻的姿态，声色俱厉地讲话，但当它是真切的、深刻的时候，它便会轻柔地讲话并摆出谦卑的姿态。主题：《悲剧的谦卑》。

他做了一个仓促的决定。他决定今晚不会再进安吉洛家了。当人们发现米凯拉尸体的时候，他们会认为她是自杀，死因是承受不了她哥哥去世的痛苦。本应如此。

他轻轻地关上这一公寓的门，害怕他那敬爱的"国王"再次当场抓住他。他走下了无生气的楼梯，走了出去，开往位于马里内拉的家。

18

走进房间的那一刻，他感到十分疲惫。他特别想躺在床上，拿枕头蒙着头，闭上眼睛睡觉，尽量不去揣摩这个世界。

晚上七点。蒙塔巴诺脱下他的夹克、领带、衬衫，像个魔术师一样，一丝不乱地将它们脱了下来，然后拨了奥杰洛的电话号码。

"萨尔沃，你疯了吗？"

"怎么了？"

"这时候打电话过来？你会吵醒孩子的！"

"我吵醒他了吗？"

"还没。"

"那你为什么这么痛苦呢？我有重要的事跟你说。快到我这里来一趟。"

"但是，萨尔沃——"

蒙塔巴诺把电话挂了。然后他打给了利维娅，但是没人接，或许她去看电影了吧。蒙塔巴诺走进浴室，用光了第一个桶里所有的水，但还是不够用，他咒骂着，正准备备用水桶里的水，但突然想到，如果夜里不供水的话，明天早上拿什么洗漱呢，于是他放弃了这个打算。还是留着吧。

等米米的期间，他决定做点事让自己忙起来，剪剪指甲是个不错的选择。他刚剪完，门铃便响了，他赶忙起身去开门，身上依旧一丝不挂。

"但是我已经结婚了！"米米反感地说道，"你不是邀请我过来看你的蝴蝶标本的，对吧？"蒙塔巴诺转过身，穿上内裤和衬衫。

"你要讲很久吗？"米米问道。

"当然！"

"那给我来杯威士忌。"

他们在阳台上坐下来。蒙塔巴诺举起杯子说：

"恭喜你，米米。"

"恭喜什么？"

"恭喜你解决毒贩的案子啊。明天你可得好好在利果里面前炫耀一番。"

"你是在开玩笑吗？"

"当然不是。他们杀了他，因为他背叛了西纳格拉家族。"

"谁？"

"安吉洛·帕尔多。"

奥杰洛大吃一惊。

"就是那个被枪杀后生殖器外露的家伙？"

"没错，就是他。"

"我原以为这是激情犯罪。因为女人的事情。"

"这是他们想让我们这么想的。"

奥杰洛撇了撇嘴。

"你说的这些都是真的吗，萨尔沃？你有证据吗？"

"证据就是你在安吉洛棺材里发现的那个保险箱。去申请授权吧，打开棺材，取出保险箱，然后开了它，我待会儿就给你钥匙。你不仅会在保险箱里发现可卡因，还会发现其他能把可卡因变成毒药的东西。"

"等一下，萨尔沃，是谁把保险箱放进棺材里的？"

"他妹妹米凯拉。"

"所以说她是同谋！"

"你弄错了。她不知道她哥哥是干什么的。她没有保险箱的钥匙，以为保险箱里只有安吉洛的个人物品，因此就把它放进了安吉洛的棺材里。"

"为什么？"

"这样，安吉洛死后就能时不时地打开保险箱，看看里面的东西，想起生前的幸福生活。"

"我会相信吗？"

"死者时不时地打开保险箱的事？"

"我指的是他妹妹对哥哥的事毫不知情。"

"你不会信的。但其他所有人都会。他们应该相信的。"

"如果利果里审问她，她出了纰漏，怎么办？"

"不用担心，米米。她不会被审问的。"

"你怎么这么肯定？"

"我就是这么肯定。"

"从头开始，告诉我所有的事。"

蒙塔巴诺几乎把他知道的一切都告诉了米米，但有所保留。他跟米米说，米凯拉只是略有牵涉，虽然实际上她深深地卷进了这件事。他解释说，安吉洛赌博成瘾，需要大笔赌资，这样便没有把埃琳娜牵扯进来。此外，他还告诉米米，海关警察马歇尔·拉格纳和他的同事可以为他和利果里提供许多有用的信息。

"但是，安吉洛·帕尔多又是怎么认识西纳格拉家族的？"

"安吉洛的爸爸是尼科特拉的重要政治援手。因而，这位参议员向西纳格拉家族的人介绍了安吉洛。当西纳格拉家族的人发现安吉洛缺钱时，便让安吉洛为他们卖命。但是安吉洛最后却辜负了他们的信任，这才招来杀身之祸。"

"我听说发现了女人内裤上的——"

"只是做样子罢了，米米，他们想把水弄浑。"

他们又谈论了一会儿，蒙塔巴诺给了米米保险箱的钥匙。米米正跟蒙塔巴诺告别时，电话铃响了。

"利维娅，亲爱的？"警长问道。

"不好意思，警长，让您失望了。"

原来是法齐奥。

"我刚刚听说米凯拉·帕尔多死了，是自杀。她从她哥哥家的阳台上跳了下去。我现在在警局，但是一会儿就要去安吉洛家。您有死者家的钥匙吗？"

"有，我会让奥杰洛警官给你带过去的，他现在和我待在一起。"

他挂了电话。

"米凯拉·帕尔多自杀了。"

"可怜的女人！我们怎么说呢？说她无法承受丧兄之痛？"奥杰洛问道。

"我们就得这么说。"蒙塔巴诺回答道。

※

接下来的四天里平安无事。局长先生推迟了他与蒙塔巴诺的见面，至于什么时候能见面，至今还是未知数。

埃琳娜也没有再打来电话。

从某种程度上来讲，蒙塔巴诺很不高兴。他以为这个女人一直在关注着他，要等到调查结束后再向他发起"进攻"。就像她说的，"为了避免误会"或者其他类似的事情。

她是对的。如果她当时大力诱惑他，蒙塔巴诺可能会觉得对方是在跟自己套近乎，把他拉下水。但是，现在就连托马塞奥都放过她了，也就不会造成什么误会了。所以呢？

想打个赌吗？雌豹已经盯上了其他猎物？是他误会了吗？他就像一只身后有猎豹狂追的兔子，惊恐地逃跑，忽然感到身后的猎豹不见了，转身一看，发现它在追一头小鹿。

可问题是，为什么兔子没有觉得开心，反而有些许的失落呢？

※

第五天，米米逮捕了加埃塔诺·特米勒罗，西纳格拉家族一员，也是安吉洛·帕尔多被杀案的五个嫌疑人之一。

整整审问了一天一夜后，特米勒罗坚称他从未踏足过安吉洛·帕尔多的公寓。他发誓自己甚至都不知道安吉洛住在哪儿。警方将嫌疑人特米勒罗的照片投放在了电视上。随后，评论员欧内斯托·劳达迪奥，别名"维克多·埃马纽埃尔三世"，来到警局，报案称那个周一晚上有一辆他之前从没见过的车停在他的车库前面，以至于他的车无法开进车库，而且他已经记下了那辆车的车牌号。那时他开始狂按喇叭，骂了几句后，那辆车的主人出现了——不是别人，你肯定猜到了，就是在电视上公布照片的这个人，绝对不会弄错——上面说的这个男的连招呼都没打就驱车离开了。

事已至此，特米勒罗不得不改变说辞。他说他当时只是去安吉洛·帕尔多那儿谈生意，但是进屋后却发现他已经死了，他对安吉洛嘴里被塞了内裤的事情一无所知。他还强调，当他看到安吉洛时，安吉洛的裤子拉链是拉上的。因此，当他得知安吉洛死时的姿势很不雅时（他原话就是这么说的，"不雅"），他感到特别震惊。

当然，没有人会相信他。为了将致命的可卡因投入市场，他不仅杀了安吉洛，差点大开杀戒，还意图误导警方调查。按照规矩，西纳格拉家族跟他脱离关系，而他为这一家族开脱罪责。特米勒罗声称贩毒只是他一个人的主意，和家族里的其他人一点关系也没有。同样地，争取到安吉洛·帕尔多的帮助也是他一个人的主意，因为他当时知道安吉洛很缺钱。当然，对于这一切，西纳格拉家族必然暗地里将他视为忠诚、可敬的成员。但是特米勒罗坚持声称，当他去安吉洛家想要谈谈为什么安吉洛做了可卡因掺假这样的蠢事时，却发现安吉洛已经死了。

"你所说的'去他家谈谈'是不是'你要去他家杀了他'的委婉说法？"检察官问道。

特米勒罗一言不发。

就在这时，马歇尔·梅尔卢索，拉格纳的同事，已经破解了安吉洛的密码。因此，安吉洛名单上有九个人即将大难临头。实际上，名单里共有十四个人，但是另外五个人（包括工程师法苏洛、尼科特拉议员、迪·克里斯托福罗议员在内）由于安吉洛天才般的制药技术，已经永远无法被起诉了。

※

一周后，利维娅来到维加塔住了三天。这次蒙塔巴诺和利维娅竟然没有吵架。周一破晓时分，蒙塔巴诺开车载着利维娅去了巴勒莫机场。目送她离开后，蒙塔巴诺开车返回了维加塔。因为没什么事可做，他决定一整天沿着乡间小路行驶，尽管路况颠簸崎岖，但是他能够尽情享受几公里他所钟爱的景色，感受干热的土地，欣赏路边的白色小房子。他连续开了三个小时，把任何想法都抛到了脑后。突然，他意识到自己正开在从贾尔迪纳到维加塔的路上，这意味着再开几公里就能回家了。贾尔迪纳？不就是那个周一晚上埃琳娜途径一所加油站并和一个服务员做爱的那条路吗？那个服务员叫什么来着？呃，对了，路易吉。

他比之前开得慢了许多，不停地左右张望，最终找到了那家加油站。加油站的屋顶很平，有一半都被安上了明亮的日光灯管，灯管下立着三台油泵，就这些了。他把车开到灯下，然后停了下来。服务员的小砖房被千年前萨拉森人种下的橄榄树挡了个严严实实。要想在路上看到这间小屋简直是不可能的事情。小屋的门紧锁着，他按了按喇叭，但是没人出来。到底怎么了？蒙塔巴诺从车里走出来，突然，他看见在路的最边缘处，有一个铁条支撑着的长方形金属牌，从这里能看到它的背面是一个标识牌。蒙塔巴诺绕到标识牌的前面，但是仍然看不到它上面究竟写了什么，因为牌子的四分之三都被疯长的野草盖住了。蒙塔巴诺用脚把野草踩了下去。牌子年头久了，掉漆很严重，大部分地方都是锈迹斑斑的，但是字迹依旧很清晰：

周一不营业

蒙塔巴诺记得小时候有一次他爸爸想要戏弄他，告诉他月亮是纸做的。他从不怀疑爸爸的话，于是对纸月亮深信不疑。现在，作为一个成熟稳重的男人，他有着聪明的头脑、精准的直觉，却又成了小孩子，对两个女人的话深信不疑，当她们告诉他月亮是纸做的时候，他又一次信了，尽管其中一个已经死了。

※

愤怒如同乌云般遮蔽了他的双眼，有生以来，他第一次差点开车撞到一位老妇人，还差点和一辆大卡车相撞。他赶到埃琳娜家时已经下午一点多了。他按响了门铃，埃琳娜应声了。

她在门廊里等着蒙塔巴诺，身穿健身衣，面带微笑。

"萨尔沃，真是让人高兴！快进屋，随意点。"

埃琳娜在前面走着，从后面看，蒙塔巴诺察觉她的步姿不再紧张，蹦蹦跳跳了，反而柔软放松起来。就连她坐在椅子里的姿势也变得慵懒、平静。雌豹最近显然是饱饱地吃了一顿鲜肉，现在已经不再危险。这样再好不过了。

"您事先没有和我说，所以我没有准备咖啡。但是现做也很快。"

"不，不用了，我需要和你谈谈。"

她还是那只野兽，微笑间露出了尖牙利齿，发出了"嘶嘶"声。

"关于我们？"

她显然是想挑衅他，但纯粹是开玩笑，并不是认真的。

"不，案件调查。"

"还没结案？"

"是的，我想和你谈谈你的假的不在场证明。"

"假的？为什么是假的？"

她只是好奇，几近好笑。没有尴尬、惊讶、害怕。

"因为在那个可怕的周一晚上，你压根儿就没有见过你的路易吉。"

他在说"你的"这个词时已然把自己排除在外，但是他似乎尝到了一丝嫉妒的苦楚。她完全明白了蒙塔巴诺的意思，然后继续火上浇油。

"我保证我见到了他，我们彼此都很享受。"

"这一点我毫不怀疑，但绝对不是发生在周一。因为周一加油站不开门营业。"

埃琳娜十指交叉，然后把双手放到头上，痛苦地抓起了自己的头发。

"您是什么时候发现的？"

"几个小时前。"

"路易吉向我发誓不会有人检查的。"

"除了我。"

说谎！但他并不是为了自夸，而是想让自己在埃琳娜眼中不像个十足的傻瓜。

"有点晚了，警长。总之，您的发现会给案子带来什么影响吗？"

"这意味着你没有不在场证明。"

"哦！我不是早就和您说过我没有不在场证明吗？您忘了？我从没有试图掩盖什么。但是您却坚持说：'注意，没有不在场证明的话，你就会被逮捕的！'您想从我这里得到什么？所以最后如您所愿，我有了不在场证明。"

狡猾、机警、聪明、美丽。他只要一分心，她便加以利用。她对托马塞奥撒了谎，这竟是他的错。

"你是怎样说服路易吉的？和他睡觉？"

他无法控制自己。嫉妒之刺扎得他口不择言。这只兔子无法接受被猎豹抛弃。

"您错了，警长。我所说的周一晚上发生的事实际上都发生在前一天晚上，也就是周日晚上。让路易吉在和托马塞奥会面时把我和他第一次见面的时间改到后一天晚上不是什么难事。而且我可以告诉您，如果您想询问他的话，他仍然会发誓说我和他第一次见面是在那个可恶的周一晚上。他愿意为我做任何事。"

他听到了什么？一些很小的细节，埃琳娜在说"那个可恶的周一晚上"时语气发生了变化。突然，蒙塔巴诺的脑海里闪过一个想法，着实吓了他一跳。

"你，那天晚上去了安吉洛家。"这个想法在他脑海里完全形成前，警长说了出来。

这不是一个问句而是一个断言。埃琳娜的姿态又变了，她把手架在膝盖上，双手支撑着头，眼睛在蒙塔巴诺身上长久、认真地打量着。她在研究他。注视之下，她在衡量着他作为男人的价值，衡量着他的头脑，甚至他的胆量。警长此刻觉得很不舒服，这种感觉就像是在体检，赤身裸体地站在医生面前，任由他们检查触摸。然后，她下定了决心。可能是他通过了她的审查。

"您知道的，只要我不改口，任何人就没法证明它是假的。"

"那是你的想法。加油站的公示牌依旧在那儿。"

"话是不错，但是没有它的话，事情反而会更糟。这是我和路易吉共同决定的。他会说，周一晚上他把书落在了加油站，跑回去拿书。他正在准备大学考试呢。我看到他当时在加油站，误以为他要关门了。接下来的事你都知道了。这样说行吗？"

这个可恶的女人！这样说完全行得通！

"行！"他不情愿地说。

"所以，我可以继续说了。您说得对，警长。周一晚上，我开车四处溜达了差不多一小时，之后才去了安吉洛家，比约定时间迟了很久。"

"为什么？"

"我当时决定要彻底和他分手。前一天和路易吉在一起让我更加确信自己对安吉洛已经没感觉了。所以我去见了他。"

"你是怎么进去的？"

"我按了门铃。露台上也有个对讲机。他接了，开门让我进去，告诉我让我到楼上去。当时，他正不停地用手机拨着同一个号码，还解释说他本以为我不会去了，所以让米凯拉过来见他。但是现在他想要告诉米凯拉，我已经到了，她最好还是不要出现。但是那天他的电话并没有打通，或许是米凯拉关机了。然后他问我'我们能到楼下去吗？'无论米凯拉在不在，他都想和我做爱。我拒绝了他，还跟他说自己是来分手的。这下可刺激着他了，他开始不停地哭泣，苦苦哀求，甚至跪下求我不要离开他。他说要和我远走高飞，双宿双栖，还大叫着他不会带上善妒的米凯拉，说米凯拉就是个吸血鬼、寄生虫。之后他试图拥抱我，但是我推开了他，他重心不稳，一下子跌进了椅子里。我趁机离开了。我不能再待在那里了。那是我最后一次见安吉洛，您满意了吗？"

她讲的时候嘴噘得很高，眼眸变成了忧郁的深蓝色。

"所以，故事的结尾就是特米勒罗杀了安吉洛。"

"我不这么认为。"

蒙塔巴诺从椅子上一跃而起。埃琳娜的脑子里都在想些什么？她不是擅长用公众舆论来抨击黑手党吗？当然，她很擅长。那她为什么对整个事件感到怀疑？是什么原因让她不得不这么说？显然，她控制不住自己的脾气。

"我认为，不是米特勒罗杀了安吉洛。"她重复道。

"那谁是凶手？"

"米凯拉。警长，难道你没有发现这两人的关系有些不正常吗？在安吉洛爱上我之前，他们两人彼此相爱。那天当我离开时，我看到有个黑影一闪而过躲到了露台上。那个黑影移动得很快，我觉得那是米凯拉。因为那天她没有接到安吉洛让她不要来的电话，所以就跑来看他了。然后她听见安吉洛在哭泣，还说了她的种种不好……我觉得她后来走到楼下，拿出左轮手枪，并等我离开。"

"我们在安吉洛家中并没有发现任何武器。"

"那又怎样？她可能把枪带走了，或者直接扔掉了。但是，安吉洛确实有一把左轮手枪，就放在他床头柜的抽屉里。他把它拿给我看过，还说这手枪是在他父亲死后偶然得到的。总之，您为什么不去想想米凯拉会自杀呢？"

蒙塔巴诺突然想起，他确实发现有一张关于枪支恢复使用的盖着邮戳的文件。那是他在安吉洛的桌子抽屉里发现的，当时觉得它对本案没什么用。但是，现在看来，它对破案有着重大的意义，因为它恰好能够证实埃琳娜刚才告诉他的，并且还让他相信月亮不再是纸做的了。这个女人现在终于告诉了他实情。

"所以，本案能告破了吗？我能去给您煮杯咖啡吗？"她问。

他看向她，恰好她也回望过来。她瞳孔的颜色现在变成了淡蓝色，嘴唇轻启，莞尔一笑。她的双眸仿佛是初夏的天空，清澈、广阔，梦幻般地折射出一天的变化。虽然时不时会有一小片白云飘过，但轻柔的风足以让它瞬间消散。

"有何不可呢？"蒙塔巴诺说道。